1인분의 사랑

1인분의 사랑

박하령
장편소설

살림Friends

| 일러두기 |

표준국어대사전을 따르되 자연스러운 독해를 위해 신어, 방언은 그대로 표기하였습니다.

차 례

거침없이 내지르기

"나랑 얘기 좀 할래?"

내 말을 들은 윤민은 나를 빤히 바라보고만 있다. 마치 눈 뚜껑이 없는 사슴처럼 말간 눈동자를 그대로 내보인 채로 한 번의 깜빡임도 없다. 난 손가락으로 화살표를 만들어 보인다.

"밖으로 나가자."

"어?"

물음표를 달고 나온 윤민의 '어?'는 즐거운 예스가 아니다. 하지만 난 개의치 않는다. 어차피 내지른 일이니까. 피할 수 없으면 즐기라고 했듯이 이미 내지른 일엔 후회나 머뭇거림보다는 중단 없는 전진이 더 낫다. 난 단호한 몸놀림으로 강의실 밖으로 나간다. 약간 큰 슬리퍼가 벗겨지지 않도록 양쪽 발가락에 힘을 꽉 쥐고 빠른 스텝과 넓은 보폭으로 계단 위로 올라간다. 난 앞서가면서 절대 뒤를 돌아보거나 주춤거리지 않는다. 윤민이가 나에게 적개심을 갖고 있지 않는 한 일단 따라올 것이라는 확신이 있다.

바로 위층에는 피아노 학원과 미술 학원이 있다. 초딩들이 바글거리는 그곳은 이야기를 나누기에 적절치 않으니 패스! 한층 더 위로 올라간다. 4층엔 치과와 이비인후과가 단정하게 문을 닫은 채로 영업 중이라 더없이 한갓지다. 내가 층계참에서 딱 멈춰 서자, 비실거리며 따라오던 윤민이 휘청거리며 멈칫한다. 나보다 머리통 하나는 더 큰 윤민이가 시선 둘 데를 찾느라 어쩔 줄 몰라 하는 모습이 정말 귀엽다. 내가 소리 내서 웃자, 멋쩍은지 윤민은 엉겁결에 말을 뱉는다.

"뭔데?"

"뭘 거 같아?"

"난 모르지."

"맞아. 넌 모를 거 같아."

난 호감을 표현하는 데에는 망설임이 필요 없다고 생각한다. 호감이란 말을 해석하면 말 그대로 '좋은 감정'인데 부끄러워할 이유가 뭐가 있담? 남을 미워하는 마음이야 음지로, 뒷골목으로 숨어 다녀야겠지만 좋은 감정은 당당하게 거침없이 내보여도 된다고 난 생각한다. 해를 향해 항상 얼굴을 들이민다는 해바라기처럼.

"나랑 사귈래?"

"어?"

"지난 삼 주 동안 널 쭉 봤어."

"어…… 나를?"

"응. 그리고 또……"

"……"

"너를 좋아하는 내 감정도 꼼꼼히 스캔해 봤어. 질적으로나 양적으로……"

윤민에 대한 나의 감정이 우발적이거나 일시적으로 솟구친 무책임한 감정이 아니라는 걸 말해 주기 위해 내 감정의 제조 일자와 정당성을 설명했다. 하지만 윤민은 당혹감에 어쩔 줄 모르겠단 표정만 지으며 안경을 연신 추켜올리고 있다.

"우윤민! 너 내 이름 아니?"

"어? ……어."

"그럼, 됐어!"

"뭐가?"

"내 이름 안다며?"

"응."

"좋아! 너한테도 생각할 시간을 줄게. 일주일 뒤 답해 줘!"

"어?"

"그게 공평할 것 같지 않니?"

"어……"

'어!' 할 때 윤민이의 입은 꺼벙해 보이지만 매력 점수는 최고치를 찍는다. 매력은 어차피 극히 주관적이고 상대적인 거니까.

"그럼, 이만!"

난 잽싸게 돌아서 계단 아래로 내려간다. 다만 아까보다는 조금 느릿느릿 걷는다. 용건을 쏟아 놓은 내 뒤태에 우아한 여운을 남기기 위해서다. 슬리퍼 끄는 소리가 안 들리는 걸로 봐서 윤민은 그 자리에 그대로 서서 틀림없이 내 뒤태를 보고 있을 것이다.

*

학원 수업은 한 시간 더 남아 있었지만 가방을 싸서 나왔다. 일단은 윤민의 시야에서 사라져야 한다. 강의실에서 윤민이 내 뒤통수를 보면서 조금 전 일을 복기하는 것보다 시야에 없는 나를 떠올리는 게 왠지 더 로맨틱할 것 같아서다.

고백하건대 삼 주 전부터 지켜봤다는 내 말은 뻥이다. 사실은 두 달 전에 윤민을 처음 알았고 그래서 예의 주시하다가 삼 주 전에 의도를 갖고 이 학원으로 옮겨 왔다. 삼 주 전이래야 학원 수업이 월, 수, 금 세 번이니까 우리는 고작 아홉 번 같이 수업을 했을 뿐이다. 그런데도 윤민이 내 이름을 안다는 건 나에 대해 비교적 호의적이란 증거다. 그래서 일주일 뒤에 답을 달라고 했다. 난 내가 원하면 거침없이 들이대지만 그렇다고 되지도 않을 일을 찔러 대는 무대뽀는 절대 아니다.

"야! 박해랑 튀냐? 기다려. 같이 가자!"

학원을 빠져나와 길을 건너려는데 오동통한 도넛 형상을 한 애가 학원 창틀에 매달려 내게 소리친다. 오광수다. 나와 윤민을 이어 준 조력자. 내 중학교 동창이면서 동시에 나에게 윤민에 관한 정보를 제공해 준 조연 배우라고나 할까? 물론 본인은 자신이 주연이라고 착각하고 있을 테지만 말이다. 원만한 인간관계를 위해 다섯 손가락을 현란하게 움직이며 응답한다.

"광수, 빠이!"

오광수는 기어이 튀어나오겠지만, 학원 로비에서 실내화를 갈아 신고 나오려면 어차피 시간이 걸릴 것이고 그때쯤이면 난 이미 마을버스를 타고 난 뒤일 것이다.

*

번호 키를 누르고 집에 들어서니 텅 비어 있다. 우리 집 식구래야 아빠와 할머니가 전부지만 그래도 옆 동에 고모들이 살아서 고모부에 사촌들까지 수시로 들락거리기 때문에 늘 정신이 없는 편인데 오늘은 모처럼 비어 있다. '오예!' 나도 모르게 탄성을 질렀다. 텅 빈 집 특유의 고즈넉함이 참 좋다. 난 결코 내성적인 스타일은 아니지만 가끔씩 완벽한 고립을 즐긴다. 주변의 모든 것들로부터 선이 완전히 끊어져 있는 것 같은 절대 단절, 그 상태에 쾌감을 느낀다. 왜냐하면 혼자 있을 때 비로소 온전해지는 기분이 들기 때문이다. 엄마 아빠의 딸도 아니고 할머니의 손녀도 아닌, 그리고 내 주변 아이들로부터도 완전히 자유로운 그 상태가 좋다.

뭐랄까? 일시정지된 느낌이랄까? 더 이상 성장하지 않아도 되고 또 맘에 없는 행동을 가식적으로 해 보이지 않아도 되는 멈춤 상태. 그럴 때면 내 몸 속 세포들이 몽실몽실한 살집을 펴고 편하게 늘어져 있는 모습이 떠오른다.

그도 그럴 것이, 나는 본의 아니게도 다중이처럼 다양한 역할을 하며 살고 있기 때문이다. 엄마 앞에서는 세상 어떤 일에도 휘둘리지 않을 만큼 쿨한 아이, 아빠 앞에서는 오기와 의욕으로 똘똘 뭉쳐져 앞만 보고 직진하는 목표 지향적인 아이, 고모들 앞에서는 공부는 잘하나 감정적으로는 약간 둔한 애. 그리고 할머니 앞에서는 조금 더 오버해서 천진난만하다 못해 아예 속이 없는 애처럼 보여야 한다. 그래야 다들 나를 연민으로 바라보지 않을 테니까.

단지 부모님이 이혼했다는 이유만으로 나를 연민으로 바라보게 놔두는 건 내게 아무런 득이 없다. 어른들이 그 연민만큼을 돈으로 환산해서 내게 건네준다면야 좋겠으나, 그럴 일은 절대 없고 대신 잔소리 또는 간섭만 하려 들 뿐이니까. 하지만 학교에서 난 야무지고 치밀한 아이다. 혼자 다니는 걸 즐기기 때문에 애들한테 절대 허점을 보이면 안 된다. 여차하면 섭한다. 남들에게 보이는 나를 이렇게 저렇게 모양새를 만들어 꾸미려니 엄청 피곤하다.

이 모든 게 엄마 아빠가 이혼한 뒤부터 벌어진 일이다. 그러니까 내가 초등학교 6학년 때 이후부터다. 이혼은 자기들이 해 놓고 나한테 많은 걸 요구했다. 이혼한 뒤 프랑스로 유학을 간 엄마는 내가 상처받지 않길 바라며 끊임없이 쿨할 것을 강요했다. 엄마는 국제통화로 외국 애들이 얼마나 부모로부터 빨리 독립하는지에 대해 간단명료하게 사례 중심으로 이야기하며 세뇌시켰다. 당신의 죄책감을 덜기 위해 엄마는 내게 성장 촉진제를 뿌려댄 거다. 덕분에 난 속성으로 조숙해졌다. 아빠 역시 '부모가 이혼한 집 애'답지 않게 잘 커야 한다는 말을 반복해서 내게 주입시켰다. 그래야 당신 삶에 기스 난 부분이 메워진다는 식의 노골적인 표현도 서슴지 않았다. 아빠는 내가 무슨 땜빵 전문가라도 된다고 생각하나 보다. 그래도 두 사람에 비해 할머니의 요구는 아주 소박했다. 내가 우울해하는 모습만 보이지 않으면 된다. 내가 약간만 기분이 안 좋아 보여도 할머니는 전전긍긍하시기 때문에 난 할머니 앞에선 늘 무뇌아처럼 웃는다.

솔직히 어른들이 벌여 놓은 일의 뒤처리를 내가 혼자 다 하는 것 같아 무지 억울하다. 순식간에 뻥튀기가 되어 애어른이 된 나는 늘 뭔가 허전한 기분이 든다. 공갈빵이 된 기분이랄까? 부풀대로 부풀어 사이즈는 크지만 속은 텅 빈 공갈빵. 남들에게 보이는 나와 실제의 내가 달라 항상 뻥을 치고 사는 것 같다. 난 진심으로 솔직해지고 싶었다. 안팎으로 투명할 정도의 솔직한 나. 하지만 어디에다 그런 나를 부려 놓아야 하는 건지 정말 알 수가 없었기에, 난 땅에 착지하지 못 하는 눈송이처럼 부유하며 사는 기분이 들었었다.

그러던 중 윤민을 발견했다. 정확히 말하면 윤민이 아니라 윤민이가 그린 만화를 봤다. 누군가 학원에 흘리고 간 옆 학교 교지를 넘기다가 우연히 발견했다. 몽환적인 눈빛을 가진 소년이 벽에 문을 그리고 그 문을 열고 나가 소녀를 만난다. 마주 선 소녀를 바라보는 소년의 눈빛은 그림 속에서도 뜨겁게 살아 있었다. 그리고 내용도, 어눌해 보이는 글씨체도 내게 강렬한 느낌을 남겼다. 몇 컷 안 되는 짧은 그림이었건만 소년은 내게 많은 말을 하고 있었다.

'문을 열고 들어가 너를 만나고 싶어.'

마치 나를 향한 모스 부호 같이 느껴져 감전된 듯 한참을 뚫어져라 봤다. 묘하게도 위로가 되는 그림이었다. 벽 앞에 선 소년의 막막해하는 표정이 어찌나 절절하게 내 맘에 와 닿던지…… 누구에게도 말 못하고 혼자 하품하듯 독백하는 주인공의 모습이 나와 닮은꼴처럼 보이기도 했다. '얘도 누군가에게 자기 자신을 내려놓고 싶은 거야.' 이런 확신이 들어 내 가슴에 비수처럼 꽂혔다. 그래서였을까? 그림 옆에 박힌 그 아이의 사진을 보는데 순식간에 '훅!' 하고 호감이 치밀었다. 사실 어느 고등학교에나 한 명쯤은 꼭 있을 법한 그런 평범한 얼굴이었건만, 그 애는 뭔가 다를 거란 기대감과 꾸미지 않은 나를 날것으로 보여도 아주 잘 통할 것 같단 확신, 그리고 왠지 모를 익숙함에 설렜다. 그리고 그 설렘은 아주 명료했다. 내 오장육부의 구석구석을 간질였다. 난 나 자신에게 선포하듯 독백했다.

'이건…… 그냥 나를 지나치는 그런 시시한 느낌이 아니라구!'

그리고 그 낯선 설렘을 기억하기 위해 폰으로 그림과 그 애 사진을 몰래 박았다. 맹세코 그런 짓은 머리털 나고 처음이었다.

*

무언가를 간절히 원하면 온 우주가 돕는다더니, 거짓말처럼 한 주 뒤 역 근처 패스트 푸드점에서 그 애를 봤다. 몇몇 아이들 사이에 섞여 있었는데도 내 눈엔 그 애가 도드라지게 들어왔다. 딱히 잘생긴 편도 아니건만 신기할 정도로 눈에 쏙 들어왔다. 이런 걸 운명이라고 하는 건가? 암튼 그 애는 사진 속 모습보다 훨씬 근사했다. 요즘 증명사진은 워낙 뽀샵이 기본이라 오히려 그 사람만의 아우라를 지워 버리곤 하는데 그런 면에서 그 애의 아우라가 덧대어진 실물에는 뭔지 모를 매력이 있었다. 고딩들 대부분이 가지고 있는 특유의 찌질함이 거세된 듯한 진지함이랄까? 얼굴 측면에 자리 잡고 있는 여드름조차도 의젓해 보였다. 다만 옆에서 유치하게 떠들고 있는 그 애 친구들이 좀 거슬리기는 했지만 한편으론 그 애가 닫힌 빗장 안에 홀로 갇힌 애가 아니고 인간관계가 원만해 보여 좋았다.

"야, 혼자 뭐 해?"

그때 누군가 내 등을 쳤다. 깜짝 놀라 돌아보니 오광수였다. 광수는 내가 앉으란 말도 안 했건만 대뜸 앞에 앉아 내 감자튀김에 손을 댔다. 손가락 전체에 기름을 묻히며 감자를 집어서는 입 속 깊이 두 손가락을 넣어서 먹고 침으로 범벅된 그 손가락으로 또 감자를 집었다. 생각 같아서는 당장 꺼지라고 하고 싶었지만 대의를 위해 꾹 참았다.

"보시다시피 저녁 먹는 중."

"혼자?"

"혼자가 적절한 타이밍이라."

"청승맞게 뭐냐?"

청승? 골라 쓰는 어휘하고는! 테이블 아래로 니킥을 날리고 싶었지만 또 참았다. 예측 불허인 애들이 있다. 지뢰밭처럼 어디서 어떻게 터질지 모르는 애. 오광수는 그런 애라고 내 기억이 말해 준다. 고등학교를 배정받던 날도 별생각 없이 '넌 어디야?' 하고 물었더니 대번에 애들 많은 데서 '학교가 다르다고 넘 섭섭해하지 마. 어디서든 우리는 만날 수 있어.' 이런 개념 없는 말을 떠들어 대서 애들한테 놀림받은 적이 있었다.

"그래 보이냐?"

"어. 너 심심하지? 우리 노래방 갈 건데 붙을래?"

"우리?"

"어. 저기 내 친구들이랑."

그러곤 광수는 윤민이가 앉아 있는 바로 그 테이블을 가리킨다.

'이런! 친구라고! 쟤가 너랑? 왜? 수준이 안 맞잖아……?'

속으로는 무수한 질문이 난무했으나 그냥 미소만 지어 보였다. 일명 필소, 필요에 의한 미소되시겠다.

"이런! 어쩌냐, 난 학원 가야 해서."

노래방이라니? 아무리 그곳에 윤민이가 있다고 해도 그런 시작을 하고 싶지는 않았다. 우리의 시작은 뭔가 달라야 한다고 난 생각했다. 교교한 달빛 아래 순백의 눈길에 찍힌 첫 발자국의 모습을 상상 속에 떠올리면서.

그 이후부터 난 새삼스럽게 광수와 친한 척을 하기 시작했다. 의미 없는 카톡질도 하고 아무짝에도 필요 없는 문제집도 공유했다. 친한 척의 하이라이트는 학원 상담을 빌미 삼아 만나서 아이스크림을 먹은 일이고 그러던 중 광수가 윤민과 같은 영어 학원에 다닌다는 사실을 알게 되어서 삼 주 전에 그 학원을 등록했던 거다. 그렇다고 당장 뭔가 구체적인 행동을 할 생각은 아니었다.

난 선뜻 발을 내미는 스타일이 아니다. 앞서 말했듯이 난 자발적 고립을 즐기기에 섣불리 누군가와 엮이지 않는다. 학원에 가면 늘 내 눈은 그 애를 찾았고 내 마음 역시 주책없이 그 애를 향했지만, 내색 한 번 않고 찬찬히 그 애를 살피기만 했다. 어디든 예외는 있고 반전도 있을 수 있으니까. 실제로 난 실패한 경험이 있다. 1학년 때 같은 반이었던 수정이와 윤주가 그 예다. 나름 신중하게 선택했는데 알고 보니 나와 전혀 다른 캐릭터들이었고 결국은 사이가 나빠졌다. 덕분에 약간의 왕따도 경험해야 했다.

익히 알려진 사실이긴 하지만, 여자애들끼리의 절친이란 쪼끔 황당한 데가 있다. 속이 다 드러나도록 바닥까지 서로를 까발려야 한다는 게 암묵적인 약조로 정해져 있다. 절친 계약서 목록에 혹시 그런 리스트가 있는 걸까? 수다에 동참하는 빈도수와 학습지 선정, 머리 스타일에서 옷 선택 등등 사소한 취향마저도 같기를 맹세해야 한다. 뒷담화에 어쩌다 다른 의견을 내거나 반기를 들면 거의 죽음이다. 심지어 화장실도 같이 가지 않으면 배신으로 취급했다. 어떻게 생리적 욕구까지 맞추라는 건지……. 나만의 색을 고집하기가 쉽지 않았다. 이게 내가 학교에서 여자애들과 무리 지어 다니지 않는 이유다. 그리고 내게 남자 친구가 필요한 이유이기도 하다. 나에게도 마음을 나눌 누군가는 필요하니까.

*

우윤민은 보면 볼수록 내 스타일이다. 낮고 굵은 목소리 톤도 좋고 다소 어눌해 보이는 말투도 좋다. 윤민이는 늘 말하기 전에 한 템포 쉬고 상대를 바라보는데, 그 눈빛은 농밀하고 옆으로 스르륵 밀리는 미닫이 미소는 정겹다. 그리고 무엇보다 맘에 드는 건 그 애 손엔 핸드폰이 쥐여져 있지 않다는 점이다. 요즘엔 쉬는 시간이면 거의 모든 아이들이 핸드폰을 만진다. 마치 손에 폰이 이식되어 있는 것처럼 보일 정도다. 하지만 윤민은 핸드폰 대신 4B 연필을 들고 늘 뭔가를 그린다. 종이가 없을 때는 빈 손가락만 움직여 그림을 그린다. 책상 위에, 자기 팔뚝 위에 그리고 허공에 대고도. 건반 위를 나는 손가락처럼 우아하게 늘 무언가를 디자인하는 것처럼 보인다. 그 모습을 보며 머지않은 날에 그 애가 내 마음도 그렇게 디자인해 주기를 희망했다.

그런데 전혀 예상치 못한 일이 벌어졌다. 오광수가 내가 기획한 스케줄에 태클을 건 거다. 사실 그동안 광수는 내가 학원을 옮긴

게 자기를 겨냥한 것이라고 오해한 나머지 넘치게 들이댔었다. 불쑥불쑥 말을 걸거나 음료수 캔을 건네준다거나 어깨에 손을 얹기도 하는 등, 광수의 무례함이 귀찮기는 했지만 일종의 필요악이라 생각해서 감수했다. 왜냐면, 광수가 나에게 설레발치는 걸 보거나 들으면서 윤민 역시 나에 대해 관심을 갖게 되리라 생각했으니까. 그래서 광수의 행동을 처음부터 내치지 않고 조곤조곤 받아들였다. 광수가 내게 다가서는 만큼 윤민도 더불어 가까이 온다는 생각이 들었다. 본 제품보다 사은품이 더 큰 무엇처럼 말이다.

그렇지만, 오광수가 그 어수룩한 배포로 그딴 식의 공공연한 프러포즈를 할 거라곤 예상치 않았는데……. 안타깝게도 그 애는 그랬다. 단어 시험을 보는 대강당에서 그것도 호시탐탐 놀잇감을 찾는 알바생한테 내게 줄 쪽지를 전해 달라고 부탁하다니! 암튼 무모하기 짝이 없는 애다.

"자자! 제군들 여기 집중! 공지사항…… 용감하게도 공개 프러포즈를 해 달라는 놈이 하나 있다. 요즘 보기 드문 그 용기를 높이 사는 차원에서 내가 전해 주기로 한다. 박해랑이 누구?"

알바생이 마이크를 잡고 이런 식으로 떠들어 대는 바람에 난 잽싸게 강의실 밖으로 내빼야 했다. 솔직히 공개 프러포즈 정도는 얼마든지 우아하게 받아넘길 자신은 있었다. 청춘에겐 얼마든지 있을 수 있는 해프닝이니까. 상대가 누구든 감격하는 척하면서 놀이 삼아 받아 주면 아이들은 환호할 것이다. 공부하기 싫어 주리를 트는 애들을 위해 그 정도의 연극은 기꺼이 해 줄 의향도 있었고 그 상황을 즐길 배포도 내겐 있었다. 그런데 그런 내가 그렇게 개성 없이 내뺀 데는 다 이유가 있었다.

바로 한지영 때문이다. 일명 미짱. 우리 학교 미모 얼짱이라고 스스로 떠벌리고 다니는 애다. 물론 얼핏 보면 예쁜 구석이 있는 건 사실이다. 일단 얼굴형이 갸름하고 하얀 피부 때문에 기본으로 먹고 들어가는 점수가 있으니까. 그리고 몸매 비율에도 큰 하자가 없다. 하지만 잠시라도 그 애 얼굴에 시야를 멈춰 보면 자연산이 아니라는 건 누가 봐도 다 안다. 눈엔 쌍꺼풀 수술의 흔적이 자명하게 남아 있으니까. 하지만 대부분 남자애들은 눈 뜬 장님이거나 유사품에 잘 속는 어리석은 스타일이라 그 사실을 전혀 식별하지 못하고 예쁘다며 환호들을 한다. 덕분에 한지영의 자뻑은 극에 달해 있다. 그건 그렇다 치고!

문제는 그 애의 기질이다. 얼짱이라고 자족하면서 사는 애들은 남이 주목받는 꼴을 죽어도 못 본다. 특히 지영이 그 애는 언제 어디서나 누가 있든 자기 주변의 모든 애들을 순식간에 무수리로 만들어야 직성이 풀리는 '천상천하 유아독존' 스타일이다. 늘 자기는 왕비이고 나머지 모든 애들은 다 아랫것들로 만들어 놓아야 교실에 평화가 유지된다. 한데 하필이면 바로 그날 낮에, 그것도 광수가 프러포즈 쇼를 벌이기 직전이었다. 학원 아래 편의점에서 우리 학교 여자애들끼리 삼삼오오 모여 삼각 김밥을 먹는 그 자리에서 지영이가 느닷없이 의외의 발언을 했다.

"난 오광수 걔 맘에 들더라? 뭐랄까, 진중하고 세련되고……

브래드 피트 닮지 않았니?"

김밥 알이 곤두서서 튀어나올 정도로 놀라웠다. 하긴 광수가 등빨도 있고 양미간이 넓어서 얼핏 보기에도 출싹대는 이미지로는 안 보인다. 그래도 그렇지. 감히 브래드 피트라니…… 좀 심하다. '뭐, 하긴! 쟤한테도 나름의 취향은 있을 테니까!'

"그게 막 닫히는 엘리베이터 문을 '탁!' 잡고 나를 위해 열어 주는데…… 포스 완전 짱이었어. 조만간 말을 걸겠지?"

그러자 지영이를 둘러싼 나머지 모든 무수리들이 지영의 간택에 뽑힌 광수를 나름 성의 있게 평하기 시작했다. '맞아. 걔 근육 쩐다더라?' '걔 초딩 때 학생회장이었잖아?' '카리스마 장난 아니고 멘탈도 완전 갑이래!' 등등 다들 애를 썼다. 모두 애를 쓰길래 나 역시 영혼 없이 한마디 거들었다. '걔 성격 괜찮아.' 난 자발적 고립을 원칙으로 하지만 공개된 자리에서는 약간의 비굴을 몸에 두르고 적절한 타이밍에 함께 웃어 주는 센스 정도는 갖춘다. 그래야 아이들에게 공격을 안 받는다. 미련하게 적을 만들고 살 필요는 없으니까. 물론 속으론 발칙한 대사를 읊고 혼자 웃었다.

'나와 윤민이가 춘향이와 이몽룡이라면 광수와 한지영, 너희는 향단이와 방자 커플 정도 하면 딱이겠네.'

그랬는데…… 하필! 그런 대화를 나누고 얼마 되지 않아 광수가 그런 이상한 짓을 한 것이다. 그것도 공공연하게 대강의실에서. 알바는 오광수의 전언이라며 촌스런 핑크색 쪽지를 쥐고 흔들었다. 아무리 생각해도 기가 막히게 절묘한 타이밍이다. 그간 나의 우아한 자발적 고립의 이력이 순식간에 무너지는 소리가 들리기 시작했다. '와르르!' 지영이의 지시 아래 수백 발의 화살이 내 등에 꼽힐 걸 생각하니 아찔하기까지 했다. '일개 무수리가 감히 왕비가 점찍은 남자에게 냉큼 프러포즈를 받다니!' 아무리 내가 의도한 바가 아니라 해도 지영이는 단지 이 사실 하나만으로 나를 공공의 적으로 몰아갈 게 뻔하다. 걔는 그게 특징인 애니까. 정말 짜증나게 피곤한 일이 아닐 수 없다. 그러니 얼른 이 상황을 모면할 방법을 찾아야 한다.

물론 만약 프러포즈한 애가 광수가 아닌 윤민이었다면, 지영이가 간택했다 하더라도 난 지영이 따위는 전혀 개의치 않고 프러포즈를 받았을 것이다. 설사 공공의 적이 된다 해도 돌파할 각오가 되어 있다. 하지만 상대는 내겐 아무 의미 없는 광수다. 의미도 없는 일에 휘둘려서 내 입지를 불안하게 만들 필요가 없다. 그리고 또 하나, 중요한 이유가 있다. 괜히 시간을 끌게 되면 복잡해질 수 있다. 남자애들 사이에 '의리 어쩌고저쩌고'하면서 광수와 나를 엮어 떠들기 시작하면 윤민과 난 영원히 가까워질 수 없는 사이가 될 수도 있다. 줄이 여러 겹으로 대책 없이 엉켜 있을 때 제일 좋은 방법은 한쪽을 끊는 거다. 그래서 광수의 프러포즈 사건이 있은 뒤 바로 서둘러서 내 쪽에서 윤민에게 '사귀자'며 정공법으로 거침없이 내지른 거다.

✉ 야! 너 우윤민한테 사귀자고 했다며?

저녁나절에 광수가 카톡으로 말을 건다. 광수가 내게 프러포즈 한 사실을 모를 리 없으니 윤민으로서는 광수에게 털어놓지 않을 수 없었으리라.

✉ 응.
✉ 쪽팔리게 그러는 법이 어딨냐?
✉ 누구 쪽?
✉ 당근 내 쪽이지.

오광수는 이런 애다. 나와 사귀는 게 문제의 초점이 아니라, 자기가 쪽팔린 걸 먼저 앞세운다. 그만큼 나에 대한 마음이 진심이 아니란 증거다.

✉ 쪽이 문제냐? 어차피 인생은 선택이야.
✉ ㅋㅋㅋㅋㅋㅋㅋㅋㅋ

이런 진지하지 못한 자식! 그래도 난 광수의 자존심을 세워 주기로 한다.
✉ 솔직히 넌 그냥 나한테 장난질한 거잖냐?
✉ ㅋㅋ 좋아. 내가 쿨하게 포기하마. 대신 나도 누구 소개 쫌!

헐! 얘는 어차피 나여서 한 프러포즈가 아니다. 단지 여친이 필요했을 뿐.

✉ 꿩 대신 닭? 근데 그걸 꿩한테 부탁하는 건 뭔 매너?

✉ ㅋㅋㅋㅋㅋㅋㅋ

✉ 이건 비밀인데…… 한지영이 너 좋다던데?

✉ 헐! 너네 학교 미짱 한지영?

✉ 응.

✉ 레알?

✉ 응.

✉ 대~~~~박! 이건 닭이 아니라 공작새인데? 야! 그딴 소식 있음 잽싸게 알려야지 뭐 하고 있었던 거냐?

이로써 대충의 가지치기는 끝났다. 뒷일은 마당쇠 오광수가 부지런히 할 것이다. 어차피 광수는 광수의 길을 갈 테니까.

하지만 그 뒤로 며칠이 지나도록 내 기대와 달리 광수는 여전히 꼼짝 않고 있었다. 발 빠르게 지영에게 들이대기를 기대했건만. 그래야 지영이로부터 내가 자유로워질 텐데. 그게 아니라면 나와 윤민이를 커플로 엮어 소문이라도 내던지. 한데 광수는 그러지 않았다. 그렇다고 나 좋자고 광수의 나아갈 바를 이래라저래라 할 만큼 난 비인간적이지 않다. 여하튼, 덕분에 난 학교에서 집중포화를 받기 시작했다.

예상대로 강당에서의 해프닝 이후 지영이의 분노가 흩뿌려지기 시작했다. 카톡방에서, SNS로 그리고 그다음 날 학교에서의 싸한 분위기까지. 피만 보이지 않았지 칼부림이라고 해도 될 만한 나에 관한 뒷담화가 교실 위로 성성하게 날아다녔다. 그리고 며칠 사이 내게 새로운 별명이 붙여졌다. '재잘공.' 일명 재수 없는 잘난 척 공주다. 특별히 내가 다르게 행동한 것도 없건만, 나에 대한 해석이 바뀌면서 욕을 먹기 시작했다. 잘난 척하는 애들은 모든 아이들의 공격 대상 1위다. 타오르기 시작한 공격을 초반에 진화하지 않으면 걷잡을 수 없이 번지기 쉽다. 특히 나처럼 혼자 다니는 스타일은 방어해 줄 친구가 없기 때문에 별것 아닌 소문에도 쉽게 휘말린다. 하지만 명분도 없는 적의와 근거도 없는 소문을 진화시키기는 쉽지 않다. 게다가 싸움을 걸고 싶어 안달이 난 아이들을 피할 수 있는 방법은 이 세상에는 없다. 속없는 어른들은 '싸움을 걸면 피하면 되지 뭐가 문제냐!'라고 말하지만 모르시는 말씀이다. 예를 들면 이렇다. 어떻게든 공격을 받지 않기 위해 '너 오늘 이쁘다' 이런 식으로 약간의 아부 섞인 발언으로 호의를 보이면 대번에 이렇게 받는다. '비꼬는 거야?' '왜? 난 이쁘면 안 돼?' '이뻐서 꼽냐?' '그 말의 저의가 뭐야?' '니가 뭔데 이쁘다는 둥 어디서 평가질이야?' '됐거든!' 어떻게 하든 걸린다.

유치찬란하기가 이를 데 없는 아이들 사이에서 난 조용히 자세를 낮추고 지냈다. 사실 내 관심사는 오로지 윤민뿐이라 차라리 견딜 만했다. 그런데 정작 윤민은 약속한 일주일이 넘도록 내게 아무런 답을 주지 않았다. 안 주는 정도가 아니라 학원에서 나를 보면 슬슬 피해 다니는 것처럼 보였다. 기다리다 난 또다시 윤민을 호출했다. 어떤 식으로든 마무리를 지어야 하니까.

"어떤 대답이라도 해야 하는 거 아냐?"

"그게 아직……"

"노야?"

"아니야!"

다급한 말투로 부인하는 통에 내 마음엔 여유가 생겼다.

"그런데?"

"아니, 그건 아닌데……"

"사귈 의사가 있다는 거네. 근데 뭐가 문제야?"

"문제는 없는데…… 시간이 좀……"

계속 말꼬리를 흐리는 윤민을 위해 배려 차원에서 돌직구를 날린다.

"오광수 때문에?"

"그게…… 쪼끔 그러네."

'그런 게 뭔데?'라고 다그치려다 말았다. 대충 알 것 같았으니까. 그렇다고 광수가 내게 '쿨하게 포기한다'고 했었단 말을 전할 수는 없다. 자존심상 그건 용납이 안 된다. 왜냐하면 이건 윤민과 나의 일이고 광수는 제삼자일 뿐이니까.

"그래. 알겠어."

내가 획 하고 뒤돌아서자, 윤민이 어렵게 입을 뗀다.

"쫌만 기둘려 줄래?"

"뭘?"

"아니……"

시원하게 말을 뱉어 내지 못하고 움찔거리는 윤민의 입을 보고 있자니 안쓰러움이 인다. 원래대로라면 '관두자!'고 해야 하는 건데 난 이미 윤민에게 마음이 낚여 있는 상태라 기약도 없는 대답을 한다. 원래 더 좋아하는 사람이 약자인 법이니까.

"좋아!"

*

사랑은 거침없이 내지르는 건 줄 알았는데…… 그게 아닌가 보다. 허탈한 맘에 잠을 설쳤다.

미치겠다 꾀꼬리!

'칙칙칙칙!'

압력 밥솥의 추가 돌아간다. 냄새로 추측건대 갈비찜 정도가 아닐까 싶다. 하지만 식욕은 전혀 안 생긴다. 침대에 누워 내 머리통에도 저런 추가 하나 있으면 좋겠단 생각을 한다. '피시식' 하고 머릿속 열이 빠져나가게 말이다. 머리가 터질 지경이다. 안 그래도 윤민의 일로 생각이 복잡한데.

엄마가 왔다. 물론 아주 온 건 아니고 일시 귀국이란다. 엄마는 푸드 스타일리스트가 되겠다는 야심 찬 포부로 현재 프랑스에서 유학 중이다. 솔직히 난 쪼끔 이해가 안 간다. 오로지 음식에 스타일을 내기 위해 외국까지 가서 공부를 한다는 게. 입에 넣으면 그만이고 결국 뭐가 되는 건 다 마찬가지건만! 물론 나도 안다. 보기 좋은 떡이 맛이 좋다는 것쯤은. 그냥 그렇단 소리다. '종로에서 뺨 맞고 한강에서 화풀이한다'는 옛날 속담처럼 나도 그런 생각을 하는 것뿐이다. 엄마가 종로에서 따귀를 내려치는 사람이라면 푸드 스타일리스트는 한강에 놓인 무엇인 셈이다.

엄마가 온 건 좋다. 이름하여 엄마니까. 하지만 엄마가 온 뒤로 계속 연출되는 불편한 상황들 때문에 머릿속이 부글거린다. 원치 않는 곳에 끌려다니느라 학원을 통째로 빼먹어야 하고 심지어 어떤 날은 아예 학교도 가지 말란다.

"너무 비교육적인 거 아냐?"

내 말에 엄마는 늘 간단명료하게 정리한다.

"어머머머! 얘는. 특수 상황이잖니?"

그러곤 말끝에 엄마는 너무 기막히다는 표정을 짓는다. 그러면 나도 모르게 얼른 엄마에게 미안해한다. 지하철에서 발을 밟은 사람이 밟힌 사람에게 화를 내면 엉겁결에 사과를 하는 것과 마찬가지다.

"뭔 소리야? 엄마가 모처럼 이역만리에서 왔는데? 전쟁 났는데 학교 가는 거 봤어?"

내가 기억하기에 엄마의 특수 상황은 엄마가 존재하는 한 모든 시간이 다 그렇다. 그러므로 엄마에게 특수 상황이란 건 따로 없다. 24시간이 그렇고 한평생이 그렇다. 한마디로 우리 엄마는 우주의 중심이다. 모든 상황을 엄마만의 논리로 엄마에게 유리하도록 아귀를 '딱딱!' 맞추는 재주가 있다. 친할머니는 엄마가 있는 집 외동딸이라서 그렇다고 표현하시곤 하지만, 내 생각에 그건 '있고 없고'의 문제가 아니다. 엄마가 가진 그런 '야비한 재주'는 살면서 진작 깨졌어야 했는데, 그 누구도 그걸 못 깬 거다. 외할머니 외할아버지, 학창 시절의 엄마 친구들, 직장 상사, 그리고 아빠까지. 심지어 하느님조차도 그 부분에서 완전 업무 태만이셨다. 솔직히 나도 할 말은 없다. 엄마가 가위를 내면 늘 한 템포 늦춰서 보를 내고 살았으니까. 나도 우리 엄마가 우주의 중심이 되는 데 한몫한 게 맞다.

"너 물냉 먹어라, 나 비빔밥 먹을게. 당신은 돈까스!"

어릴 적부터 식당에 가면 엄마는 늘 이런 식으로 메뉴를 시켰다. 내가 비냉을 고집하면, 코맹맹이 소리로 입을 삐죽거리며 말한다.

"잉~ 나 시원한 거 먹고 싶은데……"

"그럼 엄마가 물냉 시키면 되잖아."

"싫어. 비빔밥 먹고 싶다구. 물냉은 맛만 쫌 볼게."

"아, 뭐야! 그런 게 어딨어?"

"애! 내가 너 낳아 줬는데…… 넌 그까짓 것도 못 해 주니?"

그 순간, 내 머릿속엔 양팔저울이 그려지고 한쪽엔 비냉과 다른 한쪽엔 내가 얹혀 있는 모습이 연상된다. 헐! 게임이 안 된다. 처음엔 내가 엄마의 황당한 어깃장을 맞추는 게 아빠 때문이라고 생각했다. 아빠가 그러는 걸 보고 자라서 나도 은연중에 학습된 거라고 생각했으니까. 그리고 아빠가 엄마의 부당한 행동을 무조건

감싸 주고 참는 건 사랑이라고 믿었다. 사랑은 모든 걸 참는 거니까, 가족은 무조건 사랑해야 하는 거니까, 이렇게 명분을 앞세워 엄마가 하자는 대로만 했다. 하지만 나중에 생각해 보니 아빠와 나, 두 사람 다 엄마와 싸우는 게 싫어서 피한 것뿐이다. 싸우느라 갈등이 고조되면 반드시 일정량의 힘든 시간을 겪어 내야 한다. 일명 하드 타임. 우리는 그 하드 타임을 겪어 내기가 싫었던 거다. 사랑이 아니라 한마디로 게을렀던 거다. 찌질한 평화를 가지려다 엄청난 걸 잃어버린 어리석은 사람들이 생각이 난다. 우리는 소탐 대실 부녀다!

*

지금 내 머리통에 가득 찬 김 역시 그런 비슷한 맥락에서 빚어진 일이다. 엄마는 귀국하자마자 아빠에게 떼를 썼다. 아빠의 고딩 선배를 소개시켜 달라며. 엄청나게 큰 호텔 회장인데 엄마의 전도양양한 미래에 도움이 될 중요한 사람이란다. 거기까지는 인지상정상 가능한 일이다. 어차피 엄마 아빠는 이혼은 했어도 친구처럼 지내니까. 아니, 오누이가 맞는 표현이다. 아빠가 늘 엄마 뒤치다꺼리를 하는 편이다. 그런데 문제는 그렇게 소개를 받아 그 회장과 몇 번 안면을 튼 엄마가 이번엔 그 회장을 집에 초대하겠단다. 푸드 스타일리스트로서 진가를 보여야 한다며.

"우리 집에 초대하기로 했어."

우리 집? 어디를 말하는 거지? 순간 당황해서 아빠와 나는 서로 마주 봤다. 엄마는 우리 표정 따위는 아랑곳 않고 자기 할 말을 계속한다.

"근데…… 자기야. 나 자기랑 이혼했단 소리 안 했거든? 왜냐면 그 사람 말 쫌 나눠 보니까 디게 고루한 데가 있더라구. 근데 내가 뭐 하러 이혼했단 소리를 해서 책잡혀? 암튼 그러니까 우리 친정으로 초대할라구. 울 엄마 아빠는 그동안 어디 여행 다녀오시라고 하면 되니까."

"그러니까 그게…… 어쩌자는 소린데?"

아빠가 놀라서 버벅댄다.

"어쩌긴? 자기랑 해랑이랑 우리 세 식구가 같이 저녁 초대를 하자구."

"엄마! 그게 말이 돼?"

참다못해 내가 소리쳤다. 하지만 엄마는 전혀 개의치 않는다.

"말이 되고 안 되고가 어디 있어? 자기도 그렇게 생각해?"

솔직히 난 엄마가 이혼한 남편한테 말끝마다 '자기야'라고 부르는 것부터 말이 안 된다고 생각한다. 그리고 저렇게 황당한 이야기를 하는데도 딱 자르지 못하는 아빠도 진짜 문제다.

"그러게. 해랑이 말대로 그건…… 아닌 거 같은데……"

엄마는 눈을 세모꼴로 만들고는 묻는다.

"어느 대목이 아닌 거 같아?"

"아니. 전체적으로……"

"엄마! 고딩인 내가 들어도 황당하거든?"

"넌 빠져. 어른들 일이거든?"

"해랑이 말대로 나도 좀 황당하긴 하네."

"헐! 그게 뭐 그렇게 나쁜 일이야? 나중에 얘기하면 되잖아. 이혼 시기만 좀 늦춰 말하는 것일 뿐, 아무한테도 해가 될 게 없는데…… 안 그래? 서류 떼서 이혼 날짜를 확인시켜 줄 것도 아니잖아? 그리고 그 사람은 우리가 같이 살든 안 살든 관심도 없어. 난 그냥 내 역량을 자연스럽게 보여 주고 싶은 거라구."

"엄마, 그래도 이건 일종의 사기 아냐?"

"야! 고딩은 닥쳐! 이건 먹고 사는 문제거든? 그게 얼마나 어려운 일인지 알아? 너가 돈 벌어 봤어? 안 벌어 봤음 말을 마!"

난 돈을 안 벌어 봤으므로 조용히 입을 닫았건만, 엄마는 그 뒤로도 '네가 모르는 어른들 세상의 이치가 얼마나 복잡한지 알기나 하냐!'며 목청 높여 내게 화를 냈다. 결국 그렇게 이야기는 끝이 났고 엄마의 결정대로 일은 진척되었다.

어딘가에 숨겨져 있던 가족사진까지 소품으로 꺼내 걸면서 외갓집을 연극 세트장처럼 꾸미는 데 외할머니, 외할아버지, 아빠까지 누구 하나 적극적으로 반대하는 사람이 없었다. 물론 친할머니에게는 비밀로 하기로 했다. 엄마가 이 세상에서 유일하게 불편해하는 사람이 친할머니고, 친할머니 역시 이 세상에서 제일 싫어하는 사람이 엄마다. 싫어하시는 정도가 아니라 거의 발작을 하실 지경이다. 그런데도 친할머니 몰래 엄마 부탁을 들어주려는 아빠

는 '뭐지?' 싶다. 믿어도 될 만한 사실일지는 모르겠지만 아빠는
반항할 만큼 했단다.

"아빠, 이건 아니잖아!"

"그러게. 근데 딱! 한 끼니까."

"헐! 한 끼 두 끼가 중요한 게 아니잖아."

"그럼, 어떻게 하냐? 벌어진 일인데…… 힘들게 공부해서 일
쪼끔 해 보겠다는데 초를 칠 수는 없잖아. 그리고 엄마가 잘돼야
너한테도 좋은 거구!"

일이 벌어지기 전에 분명 막을 수 있었건만……. 난 아빠의 말
을 들으면서 본능적으로 깨달았다. 사실은 아빠도 그 회장인가 뭔
가 하는 사람에게 스타일을 구기고 싶지 않은 거란 걸.

졸지에 나와 아빠는 엄마가 벌이는 연극의 인간 소품이 되어
야 했다. 우리의 의지가 반영된 게 아니므로 인격체인 단역 배우
가 아니라 소품이라 불리는 게 맞다. 아무튼 그 디데이가 바로 오
늘 저녁이다. 엄마는 아침 댓바람부터 요리사를 불러 진두지휘하
느라 바쁘고 소품 2인 나는 어제부터 외갓집에서 대기 중이다. 물
론 외할머니와 외할아버지는 진작 제주도로 내려가신 뒤고, 소품
1인 아빠는 잠시 후 등장할 예정이다. 머리가 지끈거려 한잠 자려
는데 밖에서 엄마가 부른다.

"해랑, 나랑 슈퍼 좀 가자."

난 잽싸게 눈을 감고 자는 척하려다 이내 포기한다. 잔다고 그
냥 혼자 나갈 엄마가 아니니까. 그런데 슈퍼에서 엄마의 대학 후

배란 아줌마를 만났다. 두 사람이 괴성을 지르며 반가워하는 거로 봐서는 분명 친했던 사이인가 본데, 엄마와 그다지 어울리는 타입은 아니었다. 한눈에 까만 조약돌이 딱 떠오를 정도로 단단하고 까무잡잡하고 당차 보이는 아줌마다. 디자인 학원 원장님이라 차림새도 세련된 편인데다 생머리 커트를 해서 더 그렇게 보인 것 같다. 두 분은 우아하게 서로의 신상에 대해 이야기를 나누는 것 같더니만 갑자기 또 한 번의 괴성을 질렀다. 알고 보니 그 아줌마의 집이 바로 외할머니 댁과 같은 동, 같은 라인이란다.

"어머머머머! 뭐 이런 인연이 다 있니?"

두 사람의 왕 수다를 고막이 울렁거리도록 옆에서 서서 듣다가 간신히 집에 들어올 수 있었다. 그리고 한 시간쯤 뒤 소품 1의 등장이 있었고 또 뒤이어 회장님이 도착해 회장님의 시식회가 시작되었다. 그 일은 생각보다 시시했다. 난 시급 오천 원짜리 알바처럼 그 아저씨한테 두 손 모아 배꼽 인사를 하고 방긋방긋 웃는 걸로 내 역할을 끝냈다. 그 회장님은 실제로 음식은 그리 많이 먹지도 않고 눈요기만 하면서 와인 잔만 들었다 놨다 하는 걸로 끝이었다. 대신 엄마의 음식에 대한 찬사는 질기도록 퍼부었다. 밑도 끝도 없는 호의를 퍼붓는 걸 보면서 '저 아저씨가 출세한 이유가 바로 저건가 보다'라고 생각했다.

그렇게 일이 끝났다고 생각했는데 정작 사건은 그 뒤에 벌어졌다. 그 사람이 가고 난 뒤 엄마는 뒷정리를 언제 다 하냐며 투정을 부리기 시작했다. 덕분에 소품 2인 나는 설거지를 해야 했다.

물론 소품 1도 도왔다. 술병도 치우고 그릇도 나르고. 그런데 갑자기 소품 1의 누나들이 들이닥친 것이다. 굳이 풀어 말하면 우리 고모들이다.

외갓집은 주상복합건물인 관계로 원치 않는 사람은 현관에서 충분히 차단이 가능한 곳이었지만 애석하게도 그렇게 못 했다. 인터폰이 울림과 동시에 마침 들어오는 입주민이 있어서 고모들이 묻어 들어오는 바람에 원천 봉쇄가 불가능했다. 추측건대 작은고모부 역시 아빠와 같은 고등학교 출신이라 한 입 건너 두 입 건너 이 이야기를 들은 걸로 추정된다. 출세한 동창 선배에겐 다들 예의 주시를 하나 보다. 여하튼 고모들은 그 이야기를 듣고 '이 밸도 없는 놈!'이라며 격분한 상태에서 쳐들어온 걸 거다. 친할머니를 비롯해 고모들은 늘 엄마가 아빠를 골탕 먹인다고 생각하기 때문에 친가 식구들에게 우리 엄마는 차단해야 할 바이러스에 가까운 존재다.

"아 진짜 뭐야!"

엄마가 누구에게랄 것도 없는 짜증 섞인 말을 뱉어 내자, 아빠는 우왕좌왕하다 말고 갑자기 호기 있게 소파에 앉아 큰소리를 친다.

"됐어! 누나들한테 전후 사정을 얘기하면 되지, 뭐! ……내가 애도 아니구! 뭘!"

하지만 난 봤다. 아빠의 두 다리가 미세하게 떨리는 것을. 엄마는 보지 않고도 경험으로 다 아는 건지 대번에 총정리를 한다.

"여기서 마주쳐서 험한 꼴 보는 것보다 자기가 피하는 게 나을걸? 당신 누나들 한 성깔 하잖아."

"그렇겠지?"

아빠는 기다렸다는 듯이 벌떡 일어난다. 그렇지만 지금 내려가기엔 너무 늦었다. 갈팡질팡하는 아빠와 달리 엄마는 전화기부터 든다. 엄마의 특성 중 하나는 위기에 강하다는 거다. 그렇다고 이성적이란 이야기는 아니다. 다만 누구에게든 별로 쫄지 않기 때문에 당황해서 일을 그르치는 편이 아니란 소리다.

"괜히 중간에 마주치면 더 스타일 구기니까 아래층으로 가."

"아래층?"

"아까 만난 후배가 요 아래 살거든."

"그래도 이 밤에 남의 집에 내가 어떻게 가?"

"괜찮아. 걔 남편 없는 애야."

신의 섭리다. 이런 일을 마련하시고 있으리라곤 생각지 못했는데……. 안 가겠다는 나에게 엄마는 일축한다.

"너도 같이 사라져. 나 잡아뗄 거거든? 근데 너 표정 관리 못해서 중간에서 괜히 뽀롱내지 말고 얼른 아빠랑 같이 가!"

*

졸지에 아빠와 나는 낯선 집으로 피신을 갔다. 까만 조약돌 아줌마는 묻지도 따지지도 않고 우리를 맞았다. 하지만 배시시 웃는 품새가 모든 상황을 다 알고 있는 눈치다. 난 너무너무 창피해서 미칠 것 같았다. 살아생전 이런 상황을 또다시 마주치게 된다면 그땐 '혀를 깨물리라!' 이런 생각이 들 정도였다. 이번 말고 다음번에!

그 아줌마는 생각보다 살가웠다. 아빠를 보더니 대번에 '형부'라고 부르며 친절하게 소파에 앉기를 권했다. 그러자 아빠는 한가운데 덥석 앉아 자기 집처럼 텔레비전 리모컨까지 쥐고 눌러댄다. 하지만 난 창피해서 아빠와 나란히 앉아 있고 싶지 않았다. 야반도주한 부녀가 근사하게 보이지는 않을 테니까.

앉지도 서지도 못 한 채 뻘쭘하게 있자니 갑자기 배가 아파 왔다. 처음 온 남의 집에서 화장실까지 쓴다는 게 정말 싫었지만, 한편으론 이 집에서만 망가지고 말자는 생각도 들었다. '이 집에서 아니 이 아파트 안에서 일어난 일만 내 역사에서 지워 버리면 되는 거야.' 이런 맘으로 후다닥 화장실로 들어섰다. 외갓집과 똑같은 구조라 화장실이 어디냐고 굳이 물을 필요가 없었다.

'엄마야!'

거의 동시 상황이었다. 욕실 문을 열고 그 안에 있던 누군가를 목격하고 내가 비명을 내지른 것과 '잠깐!' 이란 조약돌 아줌마의 외침이 들린 것은. 물론 그 안에 있던 사람도 소리쳤다.

'뭐야!'

난 이게 혹시 꿈이 아닌가 싶었다. 분명 내가 방금 목격한 것은 우윤민이었다. 하얀 변기 위에 앉아서 용을 쓰느라 얼굴 위로 핏

줄이 사정없이 불거져 있었기에 낯설어 보이기는 했지만 윤민이가 분명했다. 그제야 정신 차리고 거실 벽을 보니 윤민이가 웃고 있는 사진이 걸려 있다. 앳된 초딩 때 사진이지만 아까는 왜 못 알아봤는지 의아할 정도로 지금 얼굴과 크게 다르지 않았다. 그렇다면 조약돌 아줌마가 윤민의 엄마라는 사실이 성립된다. 뭐! 이런 경우가 다 있담? 입안이 바짝 마른다.

'헐! 이건 아닌데……'

바닥에 주저앉고 싶어질 정도였다. 쥐구멍에 들어가고 싶단 표현이 괜히 있는 게 아니구나 싶었다. 이렇게 멀쩡한 아파트에 쥐구멍이 있을 리는 만무하니, 종이처럼 구겨져서 아빠 주머니 속으로라도 들어갈 수만 있다면 얼마나 좋을까 하는 상상을 한다. 하지만 이어지는 현실은 잔인했다.

"윤민아, 빨리 나와! 얘 급한가 보다."

난 울고 싶었다. 야반도주 부녀로서의 창피함과 또 변기 위에 앉은 윤민과 마주친 것 때문에 한껏 붉어진 내 얼굴을 보고 조약돌 아줌마는 자기 멋대로 해석하고는 소리친다.

"아니에요."

"아니긴? 얼굴이 시뻘겋네."

무식한 아줌마! 정말 저주하고 싶어진다. 내가 아니라는데 왜 남의 말은 듣지도 않고 급하니 마니 그러는 건지…… 그리고 얼굴이 '빨갛다'도 아니고 시뻘겋다니! '발그레하다'도 있고 '붉어졌네'도 있고 아니면 '상기되었네'라든가 '선홍빛이네?' 등등 이런

저런 표현도 많건만 하필이면 정육점 고기들에게나 써야 할 법한 형용사인 '시뻘겋다'를 쓰다니 정말 정말 실망스럽다. 그 말을 듣고 시뻘게진 내 얼굴을 떠올릴 윤민을 생각하니 화가 난다. 어쩌면 앵그리 버드의 그 추한 얼굴에 내 얼굴을 대입시켜서 떠올릴지도 모른다.

"그러네. 애, 웬만하면 끊고 나와라!"

이번엔 아빠까지 거든다.

"아빠! 창피하게 왜 그래!"

"창피하긴? 똥 안 싸는 사람이 이 세상에 어딨다고?"

"그러게요. 호호~"

안 싸는 사람은 없지만 안 싸는 것처럼 보이고 싶은 사람이 있다는 것과 그런 걸 굳이 입 밖으로 꺼내고 싶지 않은 나이가 있다는 걸 정녕 저 두 분은 모른단 말인가? '우씨!' 진짜 욕 나온다. 그 뒤로도 무자비한 일은 계속 이어졌다. 허겁지겁 화장실을 나온 윤민을 밀쳐내고 아줌마는 굳이 내 손을 끌어 화장실로 처넣었다. 닫힌 문 안에 홀로 놓인 건 크게 위로가 되었지만, 그 안에 윤민이가 남기고 간 향기롭지 못한 냄새는 나를 무지 곤혹스럽게 했다.

'이게 아닌데……'

거울 속엔 손가락으로 코를 막은 불쾌한 얼굴의 내가 보인다. 정말이지 벽에 머리라도 박고 싶은 심정이다. 이젠 화장실 밖으로 나가는 일도 문제다. '어떻게 이렇게 가혹한 일이? 왜 하필 내게?' 이런 원망만 속 안에서 부글부글 끓었다. 잠시 뒤 엄마의 연락을 받고 어영부영 아빠와 그 집에서 나온 뒤, 집까지 어떻게 간 건지 기억조차 안 날 지경이다. 그래도 그나마 다행인 건 내가 화장실에서 나왔을 때 윤민은 방에 들어가고 없었다는 거다.

*

햇볕이 쨍한 청명한 날, 옥상에서 펄럭이는 순백의 깃발 같은 그런 순도 높은 만남을, 윤민과 그런 시작을 기대했었다. 교교한 달빛 아래 펼쳐진 하얀 눈밭, 그 한가운데 선명하게 찍힌 첫 발자국 같은 그런 시작을 말이다. 그런데 어른들이 모두 힘을 합쳐 순식간에 우리의 순백한 역사에 먹칠을 했다. 우리 사이에 로맨틱할 수 있는 여지를 하나도 남기지 않고 박살을 낸 거다. 게다가 조약돌 아줌마는 틀림없이 윤민에게 우리 집 이야기를 다 떠들어 댔을 것이다.

'……그래서 그 부녀가 우리 집으로 도망쳐 온 거래. 호호~'

새로 산 정갈한 고급 노트 한가운데에다 싸구려 분식집의 조약한 노란 스티커를 덜컥 붙여 놓은 그런 기분이 든다. 도저히 뭐라 표현할 수 없는 구질구질한 느낌이 내 세포들을 틀어막은 듯하다. 심지어 고고한 순결을 빼앗긴 기분이기까지 하다면 오버일까?

아무튼 지금 제일 못 견디게 화가 나는 대상은 바로 우리 엄마다. 사건의 발단을 만든 장본인. 이 일의 방아쇠를 당긴 사람이기도 하다. 이 모든 게 엄마가 나를 소품으로 썼기 때문이다. 나라에서 몇 세 이상은 부모 맘대로 아이를 쥐고 흔들지 못하도록, '자식 소품 활용 금지법'을 만들어야 한다고 생각한다. 그리고 조약돌 아줌마와 아빠도 반칙이다. 머지않아 성년이 될 청춘 남녀를 상대로 그런 무례한 표현을 해댄 것. 그거 진짜 예의 없는 행동이다. 인권 존중에 엄연히 위배되는 행위다. 생각할수록 기가 막히고 코가 막히는 일이다.

*

왜 하필 우리가 그렇게 원치 않은 품새로 맞닥뜨려야 한 건지…… 미치겠다 꾀꼬리!

활주로 달리기

"오. 오. 오! 줄리엣!"

대강의실 구석 자리에 앉은 서너 명의 여자애들이 노래한다. 여고생 특유의 맑고 청아한 목소리다. 아이들은 시종일관 국적 불명 팝송의 앞 소절을 웅얼웅얼거리다가 '줄리엣!' 부분만 큰소리로 악을 쓰며 노래한다. 그러고는 깔깔댄다. 모골이 송연할 만큼의 되바라진 깔깔댐은 바로 직구로 날아와 내 뒷머리를 친다. 볼링공이 핀을 적중시키듯이, 표적을 향해 정확하게 공격할 줄 아는 전도양양한 학생들이다. 스포츠 꿈나무로 양성해도 전혀 손색이 없을 것 같다.

아이들의 외침을 가만히 들어 보면 '줄리엣'이 아니라, '줄리엿'인 걸 알 수 있다. '줄리엿'은 '재잘공'에 이은 또 다른 나의 새로운 별명이다. 그 유명한 『로미오와 줄리엣』 커플의 일원인 줄리엣. 이름만으로도 충분히 낭만적인 이름이다. 그래서 아이들은 뒷부분에 잊지 않고 '엿 먹어라'의 그 '엿'을 넣어 주는 센스를 잊지 않는다. 그래서 난 줄리엣이 아니라 '줄리엿!'이다. 물론 로미오 역은 윤민이다. 내 입장에서는 윤민과 공공연하게 커플로 묶어 준 건 고마운 일이나, 다들 알다시피 '로미오와 줄리엣'은 그리 잘나가는 커플의 상징이 아니다. 운명적인 비극을 태생적으로 지니고 그것도 모자라 멍청하게 죽은 줄 알고 뒤따라 죽는 찌질이 같은 구석이 있는 커플이라 맘에 안 든다.

지영은 나의 새 별명을 만들어서 며칠 전 일을 상기시키고 나아가 시시때때로 외침으로써 널리 만천하에 '그 일'을 알리고자 하는 깊은 뜻으로 저리도 목청 높게 외치는 것이다. 그리하여 누구든지, 안면도 안 트고 지내는 애들조차 궁금해하며 '그 일'을 묻기를 유도한다. 언어 시간에 배운 바로는 그런 걸 '인구에 회자되다'라고 한다던가?

'왜? 왜 해랑이 쟤가 줄리엣이야? 엣이 아니라 엿? 왜?'

이런 질문을 유도하는 것이다. '용의주도한 기집애!' 저 정도로 치밀한 애가 왜 검증도 안 된 돌팔이 의사에게 쌍꺼풀을 한 건지 정말 이해가 안 간다. 이 모든 게 다 나를 낳아 주시고 길러 주시다 비행기를 타고 프랑스로 날아 버리신 우리 엄마 송유미 여사 덕이다. 눈물 나게 고마우신 우리 엄마.

*

　화장실에서 윤민과 맞닥뜨린 이후로 우리는 자연스럽게 친구부터 되었다. 엄마들끼리의 인연 덕분에 사귀자고 했었던 나의 제안이나 기다려 달라고 했었던 윤민의 어정쩡한 답도 자연스럽게 증발되었다. 어차피 그 충격적인 화장실에서의 만남 때문에 로맨틱할 수 있는 사이가 되기는 틀렸으니까. 어쩌면 걔나 나나 그 일이 기억 속에서 완전히 잊혀질 때까지는 엄마 친구의 아들딸로만 있기로 암묵적으로 정했을지도 모른다.

　뭐! 그렇다고 그런 시작이 꼭 나쁜 것만은 아니었다. 긍정적인 면도 있었다. 두 분 우정의 부속품으로 우리는 자연스럽게 만날 수 있었고 일상 속에서 서서히 친해졌으니까. 그렇게 되는 데는 윤민의 활약이 컸다. 윤민은 큰 그릇처럼 늘 뭉근한 미소로 날 대했다.

　"너네 집 화장실서 마주치던 날, 창피해 미치는 줄 알았어!"

　"괜찮아! 난 그렇게 생각 안 하니까, 너만 생각을 바꾸면 창피하지 않은 거야."

　그렇다. 넘어지면서 치마가 훌렁 뒤집혀도 주위에 아무도 없으면 창피할 건 없다. 윤민이가 아니라면 나 역시 아닌 거다. 심지어 윤민이는 그 일을 소소한 추억거리로 포장하는 센스까지 있다.

　"난 울 집 화장실 들어갈 때마다 너 생각이 나서 좋아!"

　"정말?"

윤민은 대답 대신 날 보며 씨익 웃는다. 입 옆으로 스르륵 번져 가는 듯한 윤민 특유의 미달이 미소다. 그 미소를 보면 구겨진 마음이 확 펴지는 느낌이 든다. 살면서 맺혔던 설움, 짜증 그런 것들이 다 풀어지는 기분이다. '으으으!' 하고 신음 소리라도 내고 싶어질 정도로 좋다. 그렇게 우리 둘은 서서히 친구에서 야릇한 연인의 분위기로 무르익어 가려는 중이었는데 불미스러운 사건이 터졌다.

늘 강한 임팩트를 주는 게 우리 엄마의 특기지만, 이번에는 좀 치명적인 일을 내게 남기고 갔다. 애석하게도 그 일은 나 혼자서만 꿀꺽 삼키면 되는 간단한 일이 아니었다. 즉 엄마는 보안 유지가 전혀 안 될 만한 사건을 벌였다. 그것도 하고 많은 사람들 중에서 바로 우윤민의 엄마와 말이다.

사건명은 '대낮의 쌈박질'이고, 사건의 주인공들은 엄마와 조약돌 아줌마. 두 분이 싸웠다. 백주 대로에서 그것도 솜털 같은 고딩 자식들이 보는 앞에서 쌈박질을 했다. 하필이면 웬만한 노선버스들은 다 지나가는 백화점과 전철역이 옹기종기 모여 있는 곳에서 '행위 예술'이라고 오해할 만큼 사람들의 시선을 끈, 그런 엄청난 사건을 벌인 거다. 엄마의 겨자색 하이힐이 포물선을 그리며 날아가 조약돌 아줌마의 쇼핑백을 적중시켰고 덕분에 터진 비닐 사이로 빨간 물고기들이 뛰쳐나와 바닥에서 펄떡거렸으니까! 하지만 이건 선전 포고에 불과했다. 뒤이어 조약돌 아줌마의 짧고 정확한 니킥이 한 차례 있었고 분해서 어쩔 줄 모르던 엄마는 급기야 제

자리 뛰기를 몇 차례 한 뒤, 쇼핑백 안에 있던 엿을 무기 삼아 던졌다. 이로써 지영이가 외쳐 대던 '줄리엿'의 '엿'은 두 가지 뜻이 있음이 밝혀진다. 중의법이다.

말릴 새? 물론 없었다. 그 모든 게 너무 순식간에 진행되었으니까. 그리고 솔직히 난 말리고 싶지 않았다. 조용히 뒤돌아서 나와는 아무 상관없는 사람인 척하며 유유히 연기처럼 사라지고만 싶었다. 무지하게 쪽팔렸으니까. 아마 윤민이가 그 자리에 없었으면 난 정말 그렇게 했을 것이다. 나중에 들은 바로는 윤민은 두 분이 일종의 '놀이'를 하시는 건 줄 알았단다. 조금 강렬한 친목 도모랄까? 그래서 윤민 역시 입을 벌리고 멍하니 구경만 하고 있었단다. 그래도 그나마 다행인 건 두 분의 '그 일'이 무언극이었다는 점이다. 오로지 액션만 취했을 뿐 한마디도 내뱉지 않은 게 얼마나 다행인지 모르겠다. 행여 화가 나서 육두문자라도 날렸다면 아마 난 진짜 전학이라도 가야 했을 것이다. 그리고 싸운 이유가 밝혀지지 않은 것 또한 안도의 숨을 내쉬게 한다. 딴 사람도 아니고 엄마가 끝까지 함구할 정도라면 엄청나게 유치한 내용이었을 텐데…….그 점! 엄마에게 고개 숙여 심심한 감사의 뜻을 표한다.

*

'과유불급'이란 말은 정말 넘치게 맞는 말이라고 생각한다. 사실 내가 보기에 두 분의 친밀도는 정말 과했었다. 짧은 시간 동안 불붙기 시작한 엄마와 조약돌 아줌마의 우정은 비정상적이라고 봐도 될 만큼 강렬했다. 대학 때 동아리 선후배 사이로 상식적인 관계 정도로만 친했다가 윤민이네가 해외 발령이 나서 외국으로 나가는 바람에 연락이 끊겼고 그러다 그날 처음 만난 게 전부라고 했다. 그러니 그토록 기함을 토할 정도로 반가울 일은 아니었을 텐데……. 어쩌면 두 분 다 친구가 없었기에 무인도에서 마주친 사람들처럼 저절로 비명이 터진 걸지도 모르겠다.

엄마 성격상 끈적한 절친은 사실 존재 자체가 불가능하다. 절친은 자신이 손해 보는 걸 손해로 생각하지 않을 수 있어야 생기는 거니까. 내가 알기에 엄마는 그게 쉽지 않은 캐릭터다. 한데 조약돌 아줌마한테는 이상할 정도로 예외로 대했다. 덕분에 불편한 건 나였다.

엄마가 와 있는 동안 주말엔 외갓집에서 지냈는데 엄마는 식전 댓바람부터 정체불명의 해괴한 요리를 만들어 자는 나를 깨웠다. 그러곤 다짜고짜 윤민이네 갖다 주란다. 세수도 안 했고 머리는 떡이고 눈두덩이는 모닝 롤빵처럼 부풀었는데 내 입장은 전혀 고려하지 않고 무조건 가라고 시켰다. 정말 무리한 요구였다. 그래서 그 일로 엄마와 다퉜다. 아니, 다퉜다기보다는 반항하다가 혼났다는 표현이 정확하겠다.

"싫어! 멀지도 않은데…… 엄마가 가!"

"멀지 않으니까 너가 가!"

"엄마 친구잖아!"

"니 친구도 있잖아!"

우씨! '그러니까! 바로 걔 때문에 이러고는 못 가겠다니까!' 이 말을 뱉으면 앞날이 무지 시끄러워질 테니 차마 못한다.

"왜 내가 가야 해?"

"자식이라면 부모님 심부름 정도는 하는 게 기본이야. 기본은 해야지."

"엄마는 자식한테 기본도 안 했잖아!"

나도 모르게 튀어나온 진심에 나조차도 깜짝 놀랐다. 어떤 진심은 밖으로 나오면 흉해 보일 때가 있다. 이게 바로 그런 예다. '이런!' 그 일로 엄마는 반나절 이상은 나에게 삐쳐 있었고 결국 난 비굴의 정수를 보여 가면서 사과해야 했다.

암튼 그렇게 분에 넘치게 두 분이 잘 지내더니만 어느 날 그 사달이 난 거다. 대체 뭣 땜에 그렇게 치열하게 싸워야 했는지는 아무도 모른다. 그 누구도 입을 열지 않았다. 분명 엄마 쪽이 떳떳지 않은 것 같아 보인다. 그 일이 있던 날 밤 엄마가 나를 잡고서 조약돌 아줌마의 뒷담화를 까지 않은 게 바로 그 증거다. 엄마 성격상 옆 사람한테 화풀이라도 해야 직성이 풀릴 텐데, 그것조차 안한 걸 보면 뭔가 엄마가 실수를 한 게 틀림없다. 그리고 이틀 뒤 엄마는 예정보다 빨리 출국했다. 그러니 조약돌 아줌마와 화해할 시간은 없었다. 분노는 사람의 지능을 순간적으로 확 떨어뜨린다더니, 우아함의 극치를 달릴 듯한 두 분이 어쩌다 함께 벼랑 아래로 떨어지게 된 건지 알 수 없는 노릇이다.

어른들이야 그렇다 치고! 그 대낮의 쌈박질의 여파는 고스란히 우리 몫으로 남겨졌다. 스마트폰 덕에 그날의 사건은 순식간에 아이들 사이로 번졌다. 몇 컷의 사진과 더불어 동영상까지. 도저히 아니라고 발뺌할 수 없는 자료 화면이 학교와 학원을 넘나들었다. '줄리엇'이라는 비아냥거림과 함께. 그 두 분의 자제라는 이유로 졸지에 로미오와 줄리엇이 되어야 했으니……. 윤민과 나는 곤혹스럽기 짝이 없었다. 소문은 이렇게 저렇게 입을 타고 번지더니만 급기야 황당한 내용으로 떠돌았다.

'로미오와 줄리엇의 사랑 때문에 부모가 피 터지게 싸운 거래.'

처음엔 원수의 자제여서 비극적 사랑의 주인공이 된 걸로 시작한 이야기가 점점 아이들 흥미에 맞게 각색되었다. 우리의 사랑 때문에 '두 집안이 원수가 되었다'로 바뀌었다.

'걔네 사고 쳤다며?'

'걔, 해랑이 혹시…… 허리 라인 쯤 이상하지 않냐?'

억울하게도 소문의 근원지가 주로 여자애들인 까닭에 악의적인 내용은 주로 나에 관한 것만 있었다.

'해랑이 저게 붙여우라 순진한 윤민을 꼬드긴 거지.'

'먼저 무지막지하게 들이댔다더라.'

'하여간에 꼭 순진한 놈들이 낚여요.'

어찌 보면 나로선 크게 억울할 것도 없다. 내가 윤민을 꼬드긴 것도 맞고 내가 먼저 들이댔으며 윤민이가 순진한 것도 사실이니까. 다만 사고는 치지 않았다. 사고? 사실 난 그것도 쳐 보고 싶다. 아이들의 기대보다 수위가 낮은 거라면 얼마든지 가능하다고 본다. 아름다운 사고이므로. 오광수는 역시 속없는 애답게 그냥 지나치지 못하고 내게 캐물었다.

"니들 진짜 그새 진도 나간 거야?"

능글맞게 웃으며 묻길래 난 광수의 기대에 부응하고 싶어졌다. 내가 먼저 들이댔다며 소문내는 데 일조한 애가 광수일 건 뻔한 사실이니까.

"어!"

"대~박! 얌전한 뭐가 밥상 뒤집는다더니."

"내가 밥상이냐?"

"에이, 왜 이러셩! 비유 몰라?"

"아니! 내가 밥상이란 거야 아니면 얌전한 뭐라는 거야?"

"그게 뭐가 중요하냐. 암튼 그럼…… 어디까지 나간 거야?"

"진도? 알고 싶어?"

"어!"

광수가 헉헉댄다.

"이차방정식 실근의 위치까지 끝냈어. 담주에 이차함수 최댓값과 최솟값 설명해 준다던데? 윤민이 수학 쫌 하더라."

"우씨!"

*

아이들의 놀림 때문에 고통은 받았지만 고난 속에 핀 꽃처럼 그 안엔 진귀한 수확물이 있었다. 그 소문 덕에 자연스럽게 우리는 진짜 커플이 되어 버렸다. 초보 커플들이 거쳐야 하는 1단계의 어설픈 낭만은 그냥 통과해서 바로 본론으로 들어간 커플 같다고나 할까? 어려운 일을 함께 나눈 사람들 특유의 끈끈함이 절로 생겼다. 마치 전쟁고아들처럼 말이다.

보통의 경우 이런 소문에 엮이면 그 소문이 사실이 아니라는 걸 보여 주기 위해 사이가 멀어진다. 하지만 우리는 그러지 않았다. 그건 우리 둘 다 서로 호감을 갖고 있었기 때문이고 그리고 무엇보다 두 분이 싸운 이유를 발설하지 않은 것도 이유일 거다. 두 분이 싸운 이유를 발설했다면, 그래서 시시비비를 가려서 둘 중 하나가 잘못했다거나, 아님 입장 차이로 둘 다 각자의 엄마를 편들 수밖에 없는 일이었다면 어쩌면 윤민과 나는 잠시나마 '일시적 뻘쭘' 정도의 갈등 상황에 돌입했으리라. 그러나 두 분 다 '발설금지 조약'에 사인한 사람들처럼 누구 하나 입을 떼지 않았고 그래서 우리는 그냥 머쓱한 채로 그 일을 넘겼다.

"어른이라고 욱할 때가 없겠냐?"

윤민이가 먼저 그 쌈박질을 '인간의 한계가 빚어낸 극히 일반적인 일'로 승화시켰다.

"맞아! 난 기본적으로 어른들이 애들보다 더 유치하다고 봐!"

"그런가?"

"어른들 남 눈치 디따 보잖아. 그러다 보니 솔직하지 못한 짓도 많이 하고. 그런 게 유치한 거 아니겠어?"

"허세? 그딴 거?"

"뭐…… 그것도 해당되고."

"그럴 수 있겠다."

난 어른들을 유치한 걸로 매도하고 그러면서 자연스럽게 우리는 절대 유치하지 않기를 유도했다.

"난 솔직한 게 좋아. 너두지?"

"그럼."

"그럼, 솔직하게 말해 봐. 이제 우리 사귀는 거야?"

상징적인 시작을 만들고 싶었다.

"어…… 좋아."

"아니, 앞에 '어'는 빼고 말해 줘."

"좋다구."

"아니, 좋다구가 아니라 '좋아!' 호쾌하게 말하라구!"

"좋아!"

"오예! 나이스 샷!"

난 최대한 호들갑을 떨며 환호했다. 폭죽이라도 터뜨리고 싶은 심정이었으니까. 그렇게 우리는 시작을 했다. 그 뒤부터 윤민은 공식적인 내 남친답게 행동했다.

✉ 애들이 또 괴롭히면 나한테 카톡 날려!

학원에 도착하면 윤민은 내게 카톡을 보낸다. 마치 나의 보호자인 양. 지난주부터 진도 때문에 윤민과 나는 다른 반에서 수업을 한다. 빈약한 칸막이를 가운데 두고 카톡을 하면서 애끓는 맘을 전하는 것도 스릴 있다.

✉ 엉! 고마워.
✉ 고맙긴, 우리 일인데.

'우리?' 마음이 녹아 버리는 느낌이 든다. 살면서 엄마 아빠 말고 누군가와 '우리'가 되어 본 적은 처음인 것 같다. 오롯이 '우리'가 되기 위해 난 아이들이 놀리는 걸 은근히 즐긴다. 적이 있어야 우리가 더 단합을 하게 되니까. 어떨 땐 오히려 내 쪽에서 먼저 속으로 주문을 한다.

'해 봐! 해 봐! 야! 너희들 줄리엇송을 불러 보라구!'

그러다 아이들이 '줄리엇!'을 외치면 난 조용히 윤민에게 카톡을 보내고 난 뒤 그 기분을 최대한 누린다. 창가에 앉아 봄볕을 쬐는 고양이처럼 혹은 오만한 클레오파트라처럼.

'너희들이 아니? 우리가 된다는 게 어떤 건지?'

뭔가 초연한 듯한 내 분위기에 비위짱이 틀린 지영이 그룹이 한껏 목청을 높인다. 지치지도 않는 놀라운 저력들이다. 상이라도 주고 싶다.

"오오오 줄리엇!"

그때, 강의실 문이 벌컥 열리고 내 카톡을 받은 윤민이 들어선다. 어울리지 않게 격앙된 표정으로 윤민은 성큼성큼 걸어 들어와, 내 가방을 메고 앞서서 나간다. 난 최대한 거만하고 우아한 자세로 일어서 윤민의 뒤를 따른다.

'너희들이 아니? 둘이 된다는 건 말이야…… 무서울 게 없어진단 소리야.'

그렇게 우리는 밖으로 나와 달렸다. 학원을 째고 나올 때의 첫발은 뭐라 형언할 수 없이 통쾌하다. 게다가 내 가방을 들고 앞서 가는 남친의 뒤통수를 보며 달리는 기쁨은 못 느껴 본 사람은 절대 모른다.

"야! 니들 뭐야! 혼난다!"

우리 등 뒤에서 학원 선생님이 소리친다. 우리가 되어 달리는데 그깟 혼나는 게 뭐 그리 큰 문제이랴. 아름다운 비행을 위해 미끈하게 쭉 빠진 활주로를 달리듯이 우리는 학원 앞 거리를 달린다. 완전 짜릿하다. 그때였다. 누군가가 우리를 불렀다.

"거기 학생!"

난 그 순간 학생이 아니고 싶어서 무시하고 내처 달리려는데 굳이 윤민이 우뚝 멈춰 선다. 돌아보니 '헐!' 까만 조약돌 아줌마가 서 있다. 시기적으로 정말 바람직하지 않은 만남이다.

"어…… 엄마!"

놀라서 대답하는 윤민이와 달리 난 고개만 까닥여 인사하고 곧 의아해서 머릿속 생각을 굴린다.

'근데 조약돌 아줌마가 나를 학생이라고 부른 이유는?'

아줌마가 '이쁜 해랑'이란 낯간지러운 표현으로 날 불러댈 때도 있었다. 보통 '해랑아' 아니면 징그럽게 '친구야'라고도 불렀다. 그런데 오늘 새삼스레 '학생'이란 이색적인 호칭으로 날 부른 이유는 뭘까? 아마도 거기에는 깊은 뜻이 있으리라. '학생의 본분을 잊지 마라!' 이런 경고일지도 모른다. 나 혼자 뛰어갔다면 절대 그렇게 부를 리 없었을 거다. 아니, 아예 부르지도 않았겠지. 거기까지 생각이 이르자 기분이 언짢다. 그렇다고 그걸 꼭 꼬집어 물을 수는 없는 일이다.

"니들 학원 안 끝났잖아?"

"아니, 그게……"

버벅대는 윤민을 구해 주고 싶어 얼른 말을 가로챘다.

"애들이 하도 난리 치길래 제가 나오자고 했어요."

"뭔 난리?"

"아시잖아요. 줄리엣이라며……"

"아직도 그런다니? 그렇다고 이런 식으로 반응하면 애들 계속 그럴 걸?"

나도 안다. 지금은 그걸 몰라서 나온 게 아니다. 윤민과 난 황홀한 비행을 하기 위해 활주로를 달리는 중인데…… 이렇게 가로막는 아줌마가 원망스러울 따름이다.

"그렇다고 일일이 싸울 수도 없잖아요."

"후후, 해랑이 넌 엄마 안 닮았나 보네?"

"네?"

"농담이야."

농담을 빙자한 비아냥거림이다. 그 정도는 안다.

"암튼 기왕 나왔으니 집에 가자. 데려다 줄게."

"아니…… 아줌마 우리 쫌 놀다 갈게요!"

"너네 둘이?"

말이 안 된다는 표정으로 '둘' 자에 힘까지 '팍!' 주어 물으니 딱히 뭐라 할 말이 없다.

"윤민이 시간 난 김에 치과 좀 데려가려고. 너도 엄마 걱정하실 텐데…… 집에 가야지?"

"우리 엄마는 집에 안 계시는데요?"

"쏘리 쏘리! 마이 미스테이크. 집에서라고 한다는 게 그 만……"

농담과 미스테이크를 빌려 자꾸 엄마를 거론하는 게 마치 나에게 원수의 딸임을 상기시키려는 의도처럼 보인다.

"자, 차로 가자! 데려다 줄게."

앞서가는 아줌마 뒤로 둘이 쫄레쫄레 따라가려니 왠지 굴욕적인 기분이 든다. 나 혼자만의 느낌일까? 그런데 갑자기 아줌마가 고개를 획 돌리더니 묻는다.

"잠깐! 근데 윤민아, 넌 왜 남의 가방을 갖고 있니?"

그러자 윤민은 후다닥 가방을 내게 던진다. 나 역시 놀랐다. 그 냥 줄 수도 있는 건데 뭐가 저렇게 놀라서 내팽개치는 걸까? '남'

이라고 꼭 집어 말해서일까? '아줌마, 우린 그냥 남이 아니라 커플이랍니다' 이렇게 정정해 주고 싶던 차에 아줌마가 다시 고개를 휙 돌린다.

"혹시…… 니들…… 사귀거나 그러는 건 아니지?"

'맞는데요?'라고 내가 냉큼 답하려는데 잽싸게 윤민이 답한다.

"아~니요!"

순간 서운한 맘에 목울대가 뻐근해 온다. '아'와 '니' 사이를 이었던 길고도 불쾌한 억양이 나를 슬프게 한다. 물론 나도 안다. 윤민이가 둘러대는 거란 걸. 분란을 일으키기 싫어서 우리는 더러더러 맘에 없는 말을 한다. 어른들은 거짓말이라고 몰아세우지만 솔직히 우린 단지 학생이란 을의 입장 때문에 솔직한 말을 할 수 없을 따름이다. 학생이 솔직하게 호불호를 이야기해 봐야 욕만 먹을 게 뻔하니까. 그러므로 우리의 그것은 어른들이 허세 때문에 하는 거짓말과는 질적으로 다르다. 우리는 생존 때문에 한다. 게다가 윤민의 경우 아빠가 돌아가셔서 엄마랑 단둘이 살기 때문에 엄마한테 더 눈치가 보인다고 이야기한 적이 있다. 그래서 그랬으려니 하고 이해해 보지만 그래도 섭섭하다.

"그치?"

조약돌 아줌마는 안심하며 얼굴이 밝아진다. 하지만 내 기분은 아니다.

"아 참! 전 학원에 두고 온 게 있어서…… 먼저 가세요."

"그럴래?"

그렇게 그들 무리에서 빠져나온다. 더 있을 기분이 아니었다.

*

잠자리에 누워 낮에 벌어진 일을 피드백하려니 나도 모르게 불길한 기분이 든다. 윤민이가 자기 엄마 앞에서 파르르 떨 듯이 긴장하며 '아~니요!'라고 외치던 기억이 내 가슴을 후빈다. 내 가방을 패대기치며 내게 준 것도. 뭔 일이 생기면 새벽닭이 울기 전 수백 번은 나를 모른다고 할 것만 같다. 하지만 난 애써 피드백의 필름을 그 앞으로 돌린다. 우리가 함께 강의실을 빠져나와 활주로를 달렸던 그 달달했던 순간으로. 그러곤 그 대목만 몇 번이고 입 안에 사탕을 넣고 굴리 듯 반복한다. '짱 좋았어!'라고 마음속으로 외쳐도 보면서.

하지만 마음 한구석 어딘가에 무거운 추가 달린 듯하다. 뭣 때문인지는 알지만 난 애써 모른 척한다. 사람은 자기 자신조차도 속이고 싶을 때가 있다. 아는 사람은 알 것이다. 그게 얼마나 고독한 일인지……. 완전 고독한 밤이다.

세상의 모든 것들은 뒷모습이 있다

"우리…… 뭐 먹고 갈래? 아님 우리…… 탄천 길 걷다 갈까?"

윤민과 나는 '우리'가 되어 많은 일을 나눴다. 그런데도 난 늘 '우리'란 말을 할 때면 온몸이 간질거린다. 내 행복은 항상 간지러운 통증이다. 정말 좋은데 너무 좋아서 싫다. 이렇게 좋은 게 깨질까 봐 무섭다. '이게 전부일까?' 하는 걱정도 늘 동반하는 통증 같은 행복. 원래 그런 걸까? 아니면 나만 이렇게 느끼는 걸까?

"근데 해랑아. 넌 왜 말할 때 꼭 '우리……' 하고 한 템포 쉬는 거야?"

"그건 ……우리인 게 좋아서. 꾹꾹 눌러 강조하는 거지."

"그래? 우리………… 우리도 놀이공원 갈까?"

"좋아! 언제?"

"조만간!"

나를 따라 하느라고 '우리' 뒤에 긴 쉼을 넣는 윤민이, 너무 귀엽다. 사실 난 놀이공원을 별로 좋아하지 않는다. 그래도 윤민이가 가자니 흔쾌히 승낙한다. 지옥이라도 같이 가자면 따라갈 기세다. 그렇지만 윤민이가 말한 '우리도' 속에 우리 말고 진짜로 다른 애들이 더 있을지는 꿈에도 몰랐다.

토요일, 근처 요양병원에서 솜 접는 봉사를 하고 있는데 원무과 아저씨가 나를 꼭 집어 부른다.

"해랑 학생! 나가 봐!"

봉사 시간을 채우려면 아직 멀었는데 가라니?

"너 가야 한다며? 나가 봐. 친구 기다린다. 다음번에 시간 보충하고."

뭔 일인가 싶어 밖으로 나오니 회색 담벼락에 어떤 애가 기대서 있다. 놀랍게도 한지영이다.

"뭐야, 너야? 나를 부른 게?"

"응. 너 내가 빽 써서 뺀 거라구."

"뻥치시네. 니 주제에 뭔 빽?"

"후후! 사실 여기 우리 작은아버지네 병원이거든."

그러고 보니 요즘은 줄리엣송이 사그라진 터라 그동안 한지영의 존재를 까먹고 살았다. 하지만 그래도 상대가 상대이니만큼 나름 방어적인 자세를 취하는데 지영은 의외로 봄날의 아지랑이 같은 나른한 목소리로 말한다.

"얼른 가자."

"어딜?"

"애들이 너 데리고 오래."

"애들? 어떤 애들?"

"윤민이랑 광수."

"뭐?"

지영의 황당한 제의에 난 눈만 껌뻑거리고 있어야 했다. 자연스럽지 않은 조합이니까.

"쫄기는!"

"뭔 소리야?"

"너 폰 꺼져 있다고 데리고 오라더라. 놀이공원 앞에서 애들 만나기로 했거든!"

가방을 열어 핸드폰을 켜니 아닌 게 아니라 윤민에게 부재중 전화가 여러 번 와 있다. 카톡도 있고. 턱을 괴고 기다리는 소년의 그림도 이모티콘 대신 보냈다.

"그러네."

"그럼 그렇지. 안 그런데 내가 널 납치라도 하겠니?"

묘한 조합이다. 광수와 윤민이가 같이 있는 건 있을 수 있는 일이지만, 지영이까지 넷이라고 생각하니 도통 이해가 안 간다. 그래서 잠시 멍때리고 있는데

"저기 버스 왔다!"

그 말과 동시에 지영이 내 손을 잡고 뛰는 바람에 엉겁결에 광

역버스에 탔다. 마침 두 자리가 비어 있어 친한 친구처럼 지영과 나란히 앉았다.

"실은 나 오광수랑 사귀거든!"

지영은 그 말끝에 수줍게 웃어 보였다. 그렇군! 광수와 지영이라니? 머릿속으로 '방자와 향단'이라며 둘을 엮기는 했지만, 진짜 커플이 될 거라곤 생각 못했는데.

"나한텐 감히 프러포즈할 엄두가 안 나서 못 했었다나? 너한테 했던 건 일종의 연습 게임 같은 거였다던데? 너한테도 얘기했었다며?"

치사한 놈! 평화를 위해 난 광수의 거짓말을 돕는다.

"장난친 거지."

"너 기분 별로였겠다."

"설마? 암튼 커플된 거 축하해!"

"뭐 축하씩이나?"

"그래도. 사람이 오는 건 한 사람의 일생이 오는 어마어마한 일이니까……"

"너 그렇게 멋있는 말도 할 줄 아는 애구나?"

"너무 감탄하진 마! 유명한 시의 한 구절이거든."

"그래도. 인용도 능력인데……"

닭살이 돋는다. 나를 상대로 그렇게 욕을 퍼붓더니만 광수와 커플이 되었다고 새삼스럽게 친절한 척하다니! 그간의 일을 그냥 없었던 척한다는 건 나의 역사를 배반하는 일이기에 굳이 한마디

했다. 모든 일에는 절차란 게 필요한 법이니까.

"근데 불공평하지 않니?"

"뭐가?"

"난 너의 새 만남에 이렇게 축하를 날리는데 넌…… 그동안 나한테 어쨌더라?"

순간 지영의 표정이 굳는가 싶더니 급 미소를 지으며 콧소리를 낸다.

"어우야! 미안해. 톡 까놓고 첨엔 광수 땜에 열받아서 그런 거구…… 너도 그건 이해하지? 솔직히 너 같으면 열 안 받겠냐? 그리고 나중에 애들이 노래 부른 건 그냥 애들 따라 한 거야. 배현진 걔가 젤 먼저 시작했거든? 진짜야, 애들한테 물어봐. 미수한테 전화해 볼까?"

"됐고!"

"암튼 화 풀고 우리 그냥 오늘 친하게 지내자. 난 더블데이트는 첨이야."

사랑, 그건 사람을 한없이 유치하고 찌질하게 만든다. 윤민이 아니었으면 이런 유치찬란한 더블데이트에 응하지도 않았을 것이다. 천하의 한지영 역시 오광수가 아니었다면 이런 식으로 비굴의 극치를 보이면서 나에게 자세를 낮추지도 않았을 것이다. 전혀 한지영답지 않다. '그래, 봐주자'는 생각으로 맘을 풀려고 해 보지만 결코 쉬운 일이 아니다.

'왜 하필 지영이람?'

시종일관 뜨악해하는 표정을 짓는 나에게 지영은 어울리지 않는 인내심으로 견디더니만 막판에 일침을 가한다. 저 멀리 광수와 윤민이 서 있는 게 보이는 지점에서다.

"야! 니 표정 완전 썩었어. 여기 놀이공원이거든! 자꾸 분위기 깰래?"

"알았어. 접수!"

거품처럼 들뜬 놀이공원의 분위기 때문일까? 나도 모르게 기분이 좋아 미소가 지어진다. 그러자 지영은 그 틈을 타 대뜸 내 팔짱을 낀다. 헉! 아무리 영원한 적도 동지도 없는 게 사람의 생리라지만, '줄리엇!'이라며 무자비한 공격을 하던 애가 어떻게 이렇게 팔짱까지 거침없이 낄 수 있는 건지. 손발이 다 오그라들 지경이었다.

'뭐야! 앤 오장육부도 없는 거야?'

하긴 토끼도 필요에 따라 간을 뗴 놓고 다닌다고 뻥치는데 사람인 내가 뭘 못하랴. 지영이 말대로 분위기 깨지 않고 오늘 하루 잘 지내기로 결심하고 난 윤민을 향해 밝고 명랑하게 손을 흔들었다.

"어, 여기야, 여기!"

광수는 날 보자마자 보란 듯이 지영의 어깨에 손을 얹고는 뜬금없이 인사를 하란다.

"인사해. 내 여친이야."

"알아. 걔, 나랑 같이 버스 타고 온 애거든?"

"그러니까 지금 내 여친 자랑질 하는 거라구."

"유치찬란 뽕짝이다."

근데…… 솔직히 유치한데 이상하게 부러웠다. 갑자기 자기 엄마 앞에서 나를 부인하던 윤민이 떠올라 입맛이 씁쓸해졌지만 얼른 털어냈다. 여기는 놀이공원이니까. 우리 넷은 닥치는 대로 놀이기구를 탔다. 기왕지사 이렇게 된 거! 열심히 즐겼다. 거의 오만 년 만에 와 보는 놀이공원이다. 게다가 데이트 장소로 놀이공원은 생각보다 아주 괜찮았다. 놀이기구는 자연스럽게 스킨십을 허락할 뿐만 아니라 스릴 있는 기구를 탈 때는 몸과 마음이 저절로 무장해제가 된다. 일명 흔들다리 효과다. 결국 그게 놀이공원 입장료를 지불한 대가인 셈이다. 왜 애인이 생기면 다들 놀이공원부터 오는지 이제야 알겠다. 아닌 게 아니라 우린 맘 놓고 팔짱도 끼고 더러더러 부둥켜안는 일도 서슴지 않았다. 그렇게 따지면 우리는 입장료보다 더한 값을 얻어 가졌다. 앙큼한 지영이와 엉큼한 광수는 우리보다 진도가 더 빨리 나가는 품새다. 같은 고딩으로서 지적질을 해 줘야 하는 게 아닐까 싶을 정도로.

그런데 마지막 하이라이트 대목에서 예상치 못한 일이 벌어졌다. 둘씩 커플끼리 탄 허니문 카가 공중에서 멈춘 것이다. 완벽한 불상사다. 처음엔 기분이 좋았다. 지상에서 제일 먼 높은 곳에 달랑달랑 매달려 호젓하게 둘만의 공간을 보장받게 된 게 행운인 듯했다. 분위기도 서서히 묘하게 가는 중이라 절호의 찬스라고 여겼다. 그건 광수네 커플도 마찬가지인지 신이 나서 우리를 보며 손을 흔들어댔다. 그랬는데 공원 관리자가 마이크로 고장수리 중이니 안심하라며 큰소리로 알려 주더니 급기야 공원 관계자들이 하나둘씩 꼬이기 시작했다. 그 장면을 내려다보고 있으려니 살살 걱정이 되기 시작했다.

"야, 우리 이러다가 저녁 뉴스에 나오는 거 아냐?"

광수가 전화를 걸어 떠들어 댄다. 옆에서 지영이도 우는 소리를 낸다.

"나 학원 간다며 나왔는데……"

윤민이 역시 아무 말 없지만 얼굴엔 긴장한 표정이 역력했다. 나를 제외하곤 다들 지금 학원에 있는 걸로 되어 있으니 시간이 지날수록 초조해질 수밖에. 결국 두 시간이 지나서야 우린 간신히 지상으로 내려올 수 있었다. 놀이공원 측에서 택시비도 준다고 했고 또 그 사이 다들 집에서 온 전화를 받지 않았으니 서로 말을 맞추어서 뺑을 치면 되겠거니 했다. 그렇게 완전범죄로 끝나리라 희망했건만 오광수가 여지없이 우리의 희망을 박살냈다.

화장실에 다녀왔는데 사람들이 모여서 웅성거리는 게 보였다.

"학생 왜 그래? 어디 아파?"

공원 관계자 아저씨의 다급한 말투에 놀라 사람들 사이로 들여다보니 허우대 멀쩡한 광수가 입술이 허예져서 바들바들 떨고 있었다. 심장병 어린이도 아니고 체격 좋은 고딩 남학생이 뭔 일이냐고 멱살이라도 잡고 싶을 지경이었다.

"괜찮아요. 저희가 집에 데려갈게요."

우리는 주저앉은 광수를 부축하며 잽싸게 그곳을 벗어나려 했지만 그때 마침 까리하게 양복을 입고 무전기를 든 웬 남자가 갑자기 등장하더니 우리를 가로막았다.

"안 돼! 나중에 일 생기면 복잡해져. 애 병원부터 보내 봐!"

결국 공원 측의 지나친 우려 때문에 광수는 병원으로 가야했다. 의리상 나머지 셋도 엮인 굴비처럼 줄줄이 구급차에 동승했고 덕분에 완전범죄는 성립되지 않았다.

병원이란 말에 식겁해서 광수 엄마가 한걸음에 달려오셨고 뒤이어 지영 엄마도 왔다. 사실 지영 엄마는 연락받을 일이 전혀 없었는데 공원 관계자가 지영의 핸드폰을 광수 폰으로 착각해서 전화를 거는 바람에 일이 커졌다. 일이 커지게 될 운명이었나 보다.

"애가 병원에 있다고 해서 얼마나 놀랐는지…… 아직도 심장이 벌렁거리네."

아픈 애가 지영이가 아니란 사실을 다 알았음에도 불구하고 지영 엄마는 줄곧 흥분을 가라앉히질 못했다. 그러곤 광수 엄마까지 부추겨서 화를 돋우었다.

"광수, 큰일날 뻔했네요. 이건 학원에 연락해야 해요. 이거이거 애들 관리 소홀 아녜요?"

"그러게요. 학원에서 받은 유인물엔 오늘 스케줄이 딴 게 있던데……"

우리가 강제로 끌려간 것도 아니고 온전한 정신에 우리들 의지로 스스로 선택해서 놀러 간 건데 왜 학원에 책임 추궁을 하겠다고 나서는 건지! 딱할 따름이다. 결국 지영 엄마는 나머지 부모들에게도 차례로 연락했고 졸지에 연락받고 달려온 두 분에게 놀이공원을 상대로 정신적 피해보상을 받자고 이야기했다. 또 봉사활동 후 귀가 지도를 제대로 하지 않은 학교도 조직적으로 씹자고 목청을 높였다.

'아니! 우리만 혼꾸멍내고 끝내면 될 일인데 왜 그러는 거야?'

그렇게 속으로 구시렁거리고 있는데 내 속을 읽기라도 한 듯 지영 엄마가 말한다.

"이참에 이 일을 계기로 애들도 확실히 잡아야 해요. 아니꼽게 커플은 또 뭐야?"

뭔 일이 생기면 꼬투리를 잡아 물고 늘어지는 지영이의 기질은 유전인 게 틀림없다. 그리하여 결국 우리들의 놀이공원 나들이는 학원과 두 학교에 널리 널리 알려졌고 그 일을 계기로 궁지에 몰린 학교는 아이들에게 경종을 울리는 차원에서 야간자율학습 시간 엄수, 문제 학생 벌점 강화 및 담임선생님과 학부모 차원의 이성 교제 단속 강화 등 후속 조치도 내걸었다. 하지만 그 일로 끝이 아니었다. 지영 엄마가 사건 뒷수습을 빌미 삼아 우리 네 명의 부모들을 모이게 하는 바람에 예기치 않은 일이 시작되었는데, 그건 바로 우리 아빠와 윤민 엄마인 조약돌 아줌마가 친목을 도모하기 시작한 것이다. 비극의 씨앗이 바로 이때 싹을 틔웠다.

*

조약돌 아줌마네로 피신한 날, 두 분은 서로 안면만 튼 걸로 끝났지만, 이후 엄마와 조약돌 아줌마의 노상 격돌이 있었을 때 아마도 심리적인 유대감을 갖게 되었던 것 같다. 동병상련의 공감대 형성이랄까? 물론 두 분이 직접 만나거나 대화로 나눈 공감대는 아니다. 그냥 엄마를 겪어 본 사람끼리의 원거리 공감이 있었다고나 할까? 그러므로 비극의 씨앗이 잉태된 시점은 바로 그때라고 보면 되겠다. 왜냐하면, 그 시점에 그 사건을 전해 들은 아빠가 혼잣말 비슷하게 이야기했던 걸 난 분명히 기억한다.

"어쩌냐! 윤민 엄마 완전 놀랬것다."

전후 사정은 아예 따져 보지도 않은 채 아빠는 무조건 윤민 엄마 편을 드는 분위기였다. 난 빈정 상해서 툴툴댔다.

"막상막하였거든."

"에이, 그래도 그 엄마는 소녀 같더구먼."

"헐! 소녀는 무슨? 아빠는 누구 편이야?"

"누구 편은? 난 무조건 약자 편이야."

"소녀 편은 아니구?"

그때 난 아빠가 같은 약자로서 윤민 엄마에게 깊은 공감대를 갖고 있음을 느꼈다. 그리고 조약돌 아줌마 역시 그 비슷한 이야기를 했던 걸 기억한다. 그 사건 직후 엄마가 내게 사과 한마디 없이 비행기를 타고 가 버렸던 것과 달리 조약돌 아줌마는 공식적으로 사과한 적이 있었다. 피자까지 사 주면서 말이다. 물론 아줌마의 경우, 그 일 때문에 윤민이와 내가 학원에서 놀림당한다는 사실을 알았기 때문에 더 그랬을 수도 있다.

"해랑아, 미안하다. 엄마들 때문에 괜히 니들이 욕본다, 얘!"

솔직히 그땐 엄마한테 정말 화가 많이 나 있던 상태라 사과를 하는 조약돌 아줌마한테 약간 감동을 먹었다. 그래서 나도 모르게 하소연했었다.

"아니에요. 저희 엄마가 쫌 튀는 분이시라……"

"그치? 하긴 너랑 아빠가 고생 쫌 했겠다. 아빠는 인상 참 좋으시던데……"

아줌마의 말을 듣는 순간, 내 얼굴에 침을 뱉은 것 같아 '아차!' 싶었지만 이미 늦은 후였다. 그래서였을까? 이번에 학부모로 만난 두 분은 엄마라는 공통분모를 나누며 더 쉽게 친해진 것 같다. '설마 두 분이 대놓고 우리 엄마 뒷담화를 하지는 않았겠지?' 하고 두 분의 지성을 믿어 보지만, 솔직히 회의적이다. 아무튼 그 뒤로 뚜렷한 명분도 없는 부모 모임이 계속되면서 두 분은 점점 가까워진 것 같다. 내가 '대체 그 모임이 왜 계속되는 거냐'고 아빠에게 묻자, 아빠는 '좋은 부모가 되기 위해'라고 말했는데 그때 아빠 표정이 전혀 당당해 보이지 않았다. 마치 궁색한 변명을 하는 사람 같았다. 뭐, 하긴 우리도 학원에 공부만 하러 다니는 건 아니기 때문에 이해는 했지만, 결코 바람직한 모임은 아닌 것 같았다. 여러 종류의 분란을 일으킨다는 점에서 말이다.

어느 날 아빠는 다짜고짜 내게 물었다. 그때도 모임을 다녀온 뒤인 것 같았다.

"니들 사귀는 거야?"

"왜?"

"아니, 지영 엄마 말이…… 지영이가 그랬다던데? 너네 커플이 같이 가자고 졸라서 그냥 머릿수 채워 주느라 엉겁결에 같이 간 거라고."

"지 엄마한테 안 까일라고 기를 썼나 보네."

"그럼 그게 아니란 소리야?"

"글쎄."

"야! 뭐야? 똑바로 말해."

"아빠! 애들은 다 자기 유리한 대로 이야기하게 되어 있어. 그 래야 부모들이 안심을 하잖아. 지영이도 자기 엄마한테 효도하느 라 그렇게 이야기한 거겠지. 암튼 한지영 효녀야."

"그럼, 너네는 아니고 걔네가 커플이란 소리야?"

"아니지. 둘 둘이 넷이면 두 커플 아니겠어?"

"그럼 너네 사귀는 거야?"

"어휴!"

"그렇지? 너넨 아닌 거지?"

난 아빠가 말귀를 못 알아듣는 게 답답해서 '어휴!' 한 건데 아 빠는 냉큼 부정으로 받아들인다. 사람은 다 자기가 듣고 싶은 말 만 듣는다더니. 그러곤 아빠는 윤민 엄마에게서 들은 말을 내게 전하기 시작했다.

"그 놀이공원 티켓 말이야. 그게 원래 광수 동생 건데 윤민이가 뻥치자고 해서 그렇게 가게 된 거라며 광수 엄마가 윤민 엄마를 은근 쪼더란다. '윤민이 그 순진하던 애가 여친 생기니까……' 이 래가면서. 그랬더니 지영 엄마가 '나쁜 애가 따로 있나요? 상황이 애를 그렇게 만드는 거라구요' 그랬다나?"

어른들 유치한 거 진짜 맞다. 놀이공원 한 번 다녀온 사실 하나 로 저렇게 난리굿을 치시다니.

"여친이 무슨 악성 바이러스야?"

"그러게."

"광수 엄마도 참! 광수 동생 티켓을 윤민이가 그 집에 들어가서 훔쳐 가지고 나왔대? 아니잖아. 그거 광수가 가지고 나온 걸 텐데 왜 윤민이 핑계를 대?"

"그러네."

"지금이 무슨 남녀칠세부동석인 조선시대도 아니고 우리가 사 귄다고 뭔 사고를 치고 다니는 것도 아니고 그날은 놀이기구가 망 가져서 그렇게 된 건데 왜 그렇게 오버들을 하시는 걸까?"

"글쎄 말이야."

"아빠는 안 그렇지?"

"그럼!"

"우리도 사람인데 좋으면 사귈 수도 있는 거 아냐?"

"……"

"아빠!"

"잠깐! 너네 사귀는 거야?"

"응."

페이스오프라도 할 작정인 듯 아빠가 안경을 추켜올리고는 인상을 쓴다.

"너네…… 혹시……"

"혹시, 뭐!"

"아니…… 그러니까…… 어떤 사이냐구!"

"어떤 사이냐니!"

"아니, 그러니까 남녀 사이인 게 맞지?"

"그럼, 걘 남자고 난 여자니까 남녀 사이 맞지!"

"아니아니, 그게 아니구!"

"그니까 친구냐 연인이냐? 이걸 묻고 싶은 거야?"

"이를테면……"

"글쎄? 친구하고 연인하고 구분하는 방법이 뭔데?"

"아니, 그럼…… 너네 손도 잡고…… 뽀뽀도 하고……"

"아빠! 그건 좀 질문이 웃겨! 그냥 큰 아우트라인만 물어봐. 이성으로 좋아하냐는 이야기를 묻는 거라면! 맞아!"

"어! 맞지! 그러니까 애인인 거네?"

"헐! 그렇게 말로 딱 떨어져야 해? 친구여도 이성으로 좋을 수 있잖아. 여기까지는 친구고 그 이상은 애인, 이런 게 있어?"

"야! 그래도 친구끼리 뽀뽀는 안 하잖아!"

"좋아! 그럼 친구 이상 애인 이하라고 해 둘게!"

"와, 아슬아슬하네. 암튼 너네 그거 안 돼. 고딩들이 연애질하면…… 사고치거든!"

아빠하고 이런 식으로까지 대화가 안 될지는 몰랐다. 그동안은 정말 몰랐던 사실이다. 역시 사람은 깊게 사귀어 봐야 그 실체를 안다. 더 이상 말하기 싫어서 화장실로 가는데 아빠가 방에서 따라 나오더니 급기야 욕실 앞에서 소리친다.

"너 아직 고딩이고, 쪼끄만 게 뭘 안다구. 암튼 절대 안 돼! 그 학원부터 끊든지……"

진짜 이율배반적이다. 아빠는 전에 텔레비전을 보면서 청소년 인권이 어쩌고저쩌고 그러면서 애들을 자율적으로 키우지 않는 건 애들을 불구로 만드는 거라며 분명히 청소년 이성 교제를 찬성한다고 그랬었다.

'이성 교제, 그것도 결국 인생의 길목에서 마주치는 일인데 억지로 막는 건 폭력이나 마찬가지지.'

이렇게까지 거창한 말로 떠벌린 걸 내가 똑똑히 기억한다. 그리고 엄마랑 이혼한 문제에 대해서도 '네 인생, 부모 인생' 이러면서 편을 확실하게 갈라서 나한테 일방적으로 이해해야 한다고 분명히 말했었다. 고등학생은 결코 어린 나이가 아니라며. 그러므로 '엄마가 없어도 넌 이제 스스로 선택하고 결정할 수 있어야 한다'라고 못 박듯이 말했었다. 그런데 지금은 완벽하게 다른 말을 하고 있다. 화장실 안에서 난 소리를 질렀다.

"아빠! 완전 앞뒤가 안 맞는 거 알아? 지영 엄마 흉보더니 아빠도 똑같아!"

"너도 부모 돼 봐라. 원래 부모 사랑이 그런 거야. 남의 집 애는 되는데 내 애는 안 되는 거지."

*

세상 모든 것들은 다 뒷모습이 있다지만 그중에서도 부모의 사랑이라며 내보이는 이율배반적인 뒷모습이 어떨 땐 제일 흉하다. 내숭 짱인데다 정말 이기적이니까. 그럴 바에야 차라리 엄마처럼 대놓고 이기적인 게 더 낫다.

우씨!

부디… 쫄지 말기를!

✉ 야 씹으니까 맛나냐?

주먹질하는 이모티콘과 함께 최후통첩 같은 내용으로 카톡을 날렸는데도 답이 없다. 윤민이가 카톡을 씹는다. 어제 오전부터니까 여차하면 24시간이 된다. 물론 전화도 걸어 봤다. 안 받는다. 아니 못 받는 걸 거다. 그래도 카톡의 숫자가 지워지는 걸 보면 분명 읽은 걸 텐데 답이 없다.

✉ 윤민, 너 죽었으!

혼자 협박용 멘트를 뇌까리는 걸로 분풀이해 보지만 아무런 효과가 없다. 어차피 나 혼자만의 일로 끝나는 거니까. 도무지 공부에 집중이 안 된다. 난 여친이라는 이유로 남친의 일거수일투족을 다 관리하려고 드는 애들을 경멸한다. 그래서 하루 정도 연락이 안 되는 것 따위에 흥분하지 않는다. 그런데 지금은 예외다.

오늘 아침에 아빠가 날 자극했다. 학교에 내려 준다고 해서 아빠 차를 탔는데 안전벨트도 채 매기 전부터 실실 웃으며 말했다.

"야! 너…… 너무 들이대지 마라! 괜히 쪽팔린다."

어제저녁 연애하지 말라며 길길이 뛸 때와 달리 아주 여유로운 태도다. 아빠 얼굴 구석구석에 웃음이 포진하고 있는 게 보인다.

"뭘?"

"박수는 마주쳐야 소리가 나는 건데 안타깝게도 넌 기라고 했는데 걔는 아니라더라. 온리 프렌드라고."

"여기서 걔가 윤민이야?"

"어젯밤에 윤민 엄마랑 카톡으로 얘기 좀 했는데…… 걔가 그랬다던데?"

"아빠 지금 그게 그렇게 신난 거야?"

"신나긴? 그냥 난 팩트를 전한 것뿐이야."

"헐! 아빠, 윤민 엄마랑 카톡도 해?"

"헐! 카톡이 뭐 별거야? 니들 얘기 의논하느라."

난 작위적으로 빵끗 웃으며 답한다.

"아빠! 보통의 아이들은요. 자기 부모한테 곧이곧대로 얘기 안 하거든요?"

그리고 이어폰을 꺼내 보란 듯이 우아하게 귀에 꽂는다. '대화 사절!'이란 뜻이다.

"근데…… 내가 형부 소리를 처음 들거든? 그거 기분 괜찮더라. 내가 여동생이 없잖니."

볼륨을 줄인 상태라 아빠 말이 다 들리지만 못 들은 척한다. 일부러 눈을 감고 머리채도 흔든다. 마치 음악에 심취한 것처럼.

"걔 엄마 나보다 다섯 살이나 어린데도 은근히 조숙하더라?"

헐! 강적이다. 안 듣고 있다고 이렇게 적극적으로 표현하는데도 아빠는 아랑곳하지 않고 자기 할 말을 다한다.

'조숙이라니? 다 늙어서 뭔 조숙이람? 노숙이면 모를까? 그 아줌마를 진짜 소녀라고 생각하나 봐?'

슬그머니 짜증이 난다.

"글고 유머도 있고 한마디로 기지가 번득인다고나 할까?"

입가에 연신 웃음을 흘리는 아빠를 더는 봐줄 수가 없다.

"안 들린다니까!"

"너 듣고 있었냐? 난 안 듣는 줄 알고 얘기한 건데……"

"헉!"

차에서 내릴 때 일부러 문을 거칠게 닫고 내렸는데도 아빠는 경쾌하게 나를 향해 손을 흔들어 댄다. 아주 약 올리려고 작정한 사람 같다. 아빠는 내 기분이 어떨지 전혀 신경 쓰지 않는다. 애초부터 상대의 감정 따위는 읽을 능력이 없나 보다. 하긴, 치고 빠지고 어르고 달래고 등등의 기술이 있는 사람이라면 엄마한테 그렇게 당하고 살지는 않았을 거다.

학교에 와서도 내내 짜증이 났다. 아빠가 약 올려서라고 생각했지만 그게 아닌 걸 난 금세 깨달았다. 아빠가 한 이야기 때문이다.

'갸는 아니라더라. 온리 프렌드라고!'

아빠한테는 윤민이가 진심을 말한 게 아니라고 말했지만 진심이 아니라 해도 그 말은 내 마음에 걸린다. 놀이공원에 짝지어 다녀온 것까지 들통이 났으니 적어도 이제는 아니라고는 말하지 않아야 하는 거 아닐까? 그런데 뭐? 온리 프렌드? 그리고 지금은 아예 톡을 씹기까지 한다. 그러니 내 마음에 평화가 있을 턱이 없다. 화가 나 미치겠다. 식욕이 없어 점심을 거를까 하다가 마지못해 급식을 받았는데 반찬으로 콩자반이 나왔다. 반들반들한 까만 콩자반을 보니 조약돌 아줌마가 생각나서 더 화가 난다. 결국 점심을 굶었다.

오후에 학원 앞에서 광수와 마주쳤다. 반가울 리 없지만 심하게 반가운 척했다. 광수도 내 의도를 알아차린 건지 묻지도 않는 윤민이의 소식을 전한다.

"윤민이 걔 독서실 다닌다고 정기권으로 등록했다더라? 걔네 엄마가 의대 가라고 완전 숨통을 조이시나 봐."

"뭐야! 목줄이라도 채워 놓는 스타일이신가?"

"아니지. 갸 엄마는 회유형이시거든. 부드럽게 감동을 주면서 '팍!' 후려치는 스타일. 학원도 끊었대."

그 말이 상징하는 바가 뭔지 난 잘 안다. 그래서 순간 가슴이

'쿵' 한다. 물론 내색은 않는다.

"헐~! 그 학생 완전 자력갱생 열공 모드네!"

"학생이 공부에 전념한다는데 웬 비아냥?"

"내가 언제 비아냥댔다구 그래!"

"그러게나 말입니다! 제가 오버를 했죠?"

"너야말로 비아냥대지 마!"

"근데…… 나 같아도 열받을 거 같아."

"뭐가?"

"넌 열 안 받냐? 짜식이! 얘기도 않고 혼자 학원 끊고 독서실로 가는 거, 그거 연인 사이엔 배신 아니냐?"

생긴 건 곰인데 여우처럼 내 맘을 다 읽고선 가려운 데를 긁어 주기까지 한다. 그래도 광수 앞에서 스타일 구기긴 싫다. 난 정색을 했다.

"아니! 공부하는 게 왜 배신이야?"

솔직히 배신 맞다! 아침에 아빠한테 들은 이야기와 앞뒤 맥락이 딱 맞는다. 이건 배신의 확증이다. 게다가 윤민은 내 톡도 씹는 중이다. 아무리 연락 못 할 불가피한 상황이라도, 인질로 잡힌 게 아닌 거라면 어떤 식으로든 내게 자신의 상황을 알려 줬어야 했다. 나를 배려할 마음이 눈곱만큼이라도 있다면 말이다. 광수는 내 정색이 무색할 말을 더 잇는다.

"야! 박해랑!"

"왜?"

"윤민이 어느 독서실인지 알아봐 줄까? 강우현이 다니는 데라던데……"

"됐어!"

"그럼, 강우현이 어느 독서실 다니는지 알아봐 줄까?"

역시 광수는 곰의 형상을 한 여우가 맞다. 난 마지못해 답하듯이 무심하게 말했다.

"그럼…… 그러든지!"

뭐! 어차피 스타일은 구기게 되어 있다. 나중에 구겨지나 미리 구겨지나 구겨지는 건 매한가지니 미리 구겨지는 게 남는 장사다. 건지는 거라도 있으니까!

독서실은 윤민이네 집 근처에 있었다. 그런데 독서실에서 또 한 번 황당한 일을 당했다. 엎치면 덮치게 되어 있나 보다. 진짜 빡치는 날이다. 먼저 재수생 알바가 윤민을 불러 달라는 내 부탁을 쌩까기 시작했다. 알바생은 컴퓨터 게임을 하고 있는 게 분명한데도 '기다려!'라고 한 마디만 외치고는 정말 마냥 나를 기다리게 했다. 완전 업무태만이다. 저런 애들은 당장 잘려야 한다고 속으로 외치면서 기다렸다. 속으로 외치던 그 말이 거의 기도 수준에서 저주로 바뀔 즈음, 알바는 의자를 뒤로 천천히 밀어내며 일어섰다. 그러고는 나를 보고 말했다.

"근데 왜?"

"왜라니요?"

"걔를 왜 찾냐고!"

"그거까지 말해야 해요?"

기막혀 하는 내 얼굴을 빤히 들여다보더니 갑자기 독서실 자리표 전광판을 쳐다본다.

"A-4번 우윤민…… 자리에 없는데?"

"뭐요!"

내가 쇳소리를 내며 되물었지만, 알바생은 마치 안경 탓이라는 듯이 고리타분하게 생긴 까만 안경을 벗어서는 연신 티셔츠로 안경알을 문대기만 한다. 확인된 바는 아니지만, 아마 알바는 안경을 닦으며 속으로 쾌재를 불렀을 거다.

'약 오르지롱!'

알바 재수생이 입은 추리닝 바지의 고무줄을 다 끊어 버리고 싶을 지경이다. 그래서 난 작은 소리로 외쳤다.

'나쁜 놈! 삼수나 해라!'

알바가 준 모욕이 마치 윤민이와 조약돌 아줌마까지 함께 셋이서 공모를 한 일인 것처럼 느껴졌다. 수챗구멍에 얼굴을 파묻은 기분까지도 든다. 물론 정상적인 생각이 아니란 걸 모르는 바 아니지만 그냥 그런 것 같다고 믿고 싶었다.

독서실 계단을 내려오는데 다리에 기운이 다 풀려 허방을 딛는 느낌이었다. 그때 누군가 내 등을 내리쳤다. 그냥 친 게 아니라, 분명 내리쳤다. 일종의 스매싱처럼.

"어머! 이게 누구야?"

허걱! 또 조약돌 아줌마다!

"우리 자주 만나네. 반갑다, 얘!"

하나도 안 반가운 거 아는데…… 왜 반갑단 건지? 그리고 반갑다면서 그렇게 세게 나를 칠 수 있는 건지…… 조목조목 묻고 싶었지만 그럴 수 없었다. 그럴 수 있는 처지가 아니니까.

"여긴 웬일이야?"

어설프게 둘러대면 더 우습게 보일 것 같아 당당히 말했다.

"윤민이 만나러 왔는데 없네요?"

"어머! 그랬구나?"

'없어서 정말 다행이다, 얘!' 이러고 있는 게 다 보인다.

"참! 너 지금 집 가는 거면 데려다 줄게. 나 그쪽에 볼일이 있어서 가는 길이야."

윤민이의 행방을 모르지 않을 텐데도 조약돌 아줌마는 조약돌처럼 빼질빼질하게 웃으며 계속 딴청을 해댄다.

"근데…… 윤민이는 어디 있어요?"

"글쎄? 독서실에 없다며? 근처 서점에 갔나? 암튼 일단 가자! 가면서 얘기하자!"

그러곤 지영이처럼 맘에도 없는 팔짱을 끼며 나를 끌고 내려갔다. 팔짱은 친교의 표식으로 쓰이는 게 아니라 더러더러 가식의 표징으로도 악용된다. 물론 지금의 경우는 가식을 넘어서 거의 납치 수준이다.

"엄마는 언제 오신대?" 가면서 이야기하자는 게 이 소리였던가? 차를 탄 이후로 시시한 이야기만 계속 묻고 윤민이 이야기는 한마디도 안 꺼낸다. 그리고 이제 와서 웬 엄마? 노상의 격투를 설마 내가 잊었으리라고 생각하는 건 아닐 텐데 말이다.

"모르겠어요."

"먼젓번 일 잘되면 조만간 들어올 수 있다던데……"

"그랬던 것 같은데……"

"해랑이, 넌 엄마를 닮았니? 아빠를 닮았니?"

어지간히 할 말이 없나 보다. 유치원 애들조차도 기피하는 질문을 내게 하다니…….

"글쎄요."

"해랑이 넌 등급 잘 나온다며?"

"그럭저럭요."

"아빠가 자랑하시더라? 아줌마 부러워서 혼났다!"

더 이상 뻔한 접대용 멘트만 날리고 싶지 않다. 차라리 마음에서 우러나는 속말을 하는 게 나을 것 같다.

'아줌마가 그렇게 조숙하시다면서요? 그 소리 듣고 닭살 돋아서 혼났어요!'

아무 대답 없는 나를 백미러로 힐끗 본다.

"너 원래 그렇게 말수가 적어?"

'아니요. 저 지금 속으로 콩닥콩닥 대답하고 있거든요?'

"너네 엄마는 정말 말 잘하는데……"

'아무렴요. 우리 엄마는 쌈박질도 잘해요.'

얼른 이 차에서 내리고 싶다. 애초부터 이건 불공정 거래다. 아줌마는 하고 싶은 말을 다 할 수 있지만, 난 그렇지 못하니까! 내가 지금 하고 싶은 말은 이런 말들이다. '윤민이는 지금 어디 있나요?' '걔 왜 핸드폰 안 되는 거죠?' '그리고 윤민이 걘 의대 스타일 절대 아니거든요?' '왜 윤민이 숨통을 조이시나요?' 물론 한마디도 입 밖으로 꺼낼 수는 없었지만.

"저기 입구에서 세워 주세요."

"그래. 근데…… 저기 너네 아빠 아니시니?"

아줌마 차에 있는 나를 발견한 아빠는 마치 잃었던 자식을 다시 찾은 듯한 표정을 지었다. 장단 맞추기 버거울 정도의 오버다.

"오! 우리 해랑이!"

과연 정말 내가 반가웠던 걸까? 아니, 내가 아니라 나를 실어 온 아줌마겠지. 아빠는 흥분의 경지에 다다른 채 감사의 인사를 해댄다.

"이런! 고마울 데가. 이렇게 태워다 주시고…… 저녁 시간도 다 되었는데 뭐라도 간단히 같이 드실래요? 어차피 할머니도 안 계시고 해서 애랑 대충 때울까 하던 참인데……"

"그럴까요?"

우리는 햄버거 가게로 들어갔다. 내가 가자고 했다. 이상하다 못해 괴상하기까지 한 이 구성원이 제일 짧은 시간 내에 해체될 수 있는 메뉴가 햄버거니까. 햄버거를 먹으며 연신 '형부!'라고 아빠를 부르는 조약돌 아줌마가 엄청 눈에 거슬렸다. 내가 보기에 아줌마는 필요 이상으로 웃는다. 그건 아빠도 마찬가지다. 그리고

'형부'란 호칭은 절대 말이 안 된다고 생각한다. 울 엄마랑 이혼한 거 뻔히 다 알면서 저 아줌마는 왜 형부라고 부르는 거지? 어차피 우리 엄마랑은 친하지도 않으면서. 게다가 '형~부!' 하고 부를 때 콧소리는 물론이고 교태까지 질질 흐른다. 무지 끈적거리는 이 느낌, 완전 싫다. 아줌마에 대한 구체적인 적개심이 몽실몽실 피어오르기 시작했다.

'이건 뭐지? 단순한 질투심일까? 그럴 리가 없는데……'

그러지 말아야지 맘을 먹어도 저절로 피어오르는 적개심의 실체가 어찌나 분명하던지 이건 본능일지도 모른단 생각을 했다. 부당함을 감지하는 본능에서 오는 적개심. 그리고 곧이어 내 본능이 적중했단 걸 알았다. 윤민이는 어딨냐고 아빠가 묻자, 아줌마는 생글거리며 답했다.

"윤민이 독서실에 들러서 저녁 값 주고 오던 길이에요. 편의점에서 때운다던데 이럴 줄 알았으면 데리고 와서 다 같이 먹을 걸 그랬나?"

헐! 나와 못 만나게 하려고 원천봉쇄 해 놓고는 '이럴 줄 알았으면?' 말이 돼? 정말이지 꼬리가 열댓 개는 달린 여우 같다. 차라리 나한테 '윤민이 만나지 마라!' 이랬더라면 덜 화가 날 텐데. 광수 말이 맞다. 조약돌 아줌마는 늘 웃으면서 상대를 후려치는 스타일이다. 모르긴 해도 그런 식으로 우리 엄마를 화나게 했을지도 모른다. 윤민이한테도 늘 '네 인생은 네 선택'이라며 앞에서는 칼자루를 쥐여 주는 척하지만, 사실은 절대 그 칼을 휘두를 수 없게 만든다. '엄마 소원은 네가 하얀 가운을 입은 의사 선생님이 되는 거야.' 이런 말로 윤민이를 무력하게 만든다. 그래서 윤민이는 그토록 그림을 그리고 싶어 하면서도 늘 손가락 끝으로만 그림을 그린다. 그 어떤 형상으로도 세상에 드러나지 못하는 그림을. 윤민이는 머릿속에만 그릴 수 있는 투명한 그림만 그린다. 그 생각을 하자니 윤민 엄마한테 주먹질이라도 하고 싶어진다.

저녁나절, 고모들이랑 찜질방에 다녀왔다며 얼굴이 뽀얘지신 할머니를 붙잡고 윤민 엄마 흉을 볼까 하고 말을 꺼냈다가 오히려 혹을 제대로 붙였다.

"그이 아주 야무진가 보더라. 민경 엄마가 그러는데 그 디자인 학원, 이 동네서 아주 유명하다데?"

"그러게. 거기 들어가려면 대기조에서 한참 기다려야 된대."

아빠가 신이 나서 답한다. 참고로 민경 엄마는 우리 작은고모다. 사실 친할머니와 고모들은 그날 대낮의 쌈박질 이야기를 듣고는 아무 근거도 없이 조약돌 아줌마 편을 들었다. 그때부터 터무니없이 호의적이었는데 마치 엄마에 대한 분풀이를 그 아줌마가 대신해 준 것처럼 느꼈나 보다.

"전 잘게요."

난 본전도 못 찾고 소리 없이 방으로 들어갔다. 자려고 누우니 누구를 향한 전의(戰意)인지 정확히는 모르겠으나 전의가 '활활!' 타올랐다.

그리고 그다음 날, 윤민은 내 전의의 대상이 되었다. 윤민이가 학교 앞에서 나를 기다리고 있었다. 진녹색 폴로 티셔츠를 단정하게 목까지 채워 입은 모습이 아주 인상적이었다.

"쏘리! 핸드폰이 고장 나서……"

"그랬구나!"

속으로는 이말 저말 따질 게 너무 많았지만 막상 윤민이를 보자 엉켰던 맘이 순식간에 다 풀렸다. 하지만 이야기를 나누다 보니 서서히 화가 나기 시작했다.

"너 독서실에서 오는 거야?"

"어."

"할 만해?"

"그냥 그래."

"근데 너네 독서실 첨단이더라? 자리에 앉아 있는지 없는지 다 체크가 되던데? 센서가 달렸나?"

"응. 자리 비우면 집으로 바로 문자가 가."

"대박 악랄하네. 하여간 학생 편의시설이라면서 뭐든지 다 부모 위주야."

"그래 봤자야. 뛰는 놈 위에 나는 놈은 반드시 있거든."

그러곤 윤민은 비실비실 웃었다.

"왜?"

"대타를 꼽아 놨거든. 원래 광수가 해 주겠다고 했는데 걘 생긴 게 너무 튀어서 나랑 닮은꼴로 데려다 놨어. 알바가 가끔씩 매의 눈으로 복도로 지나다니는 애들을 스캔하거든."

"뭐? 그래서 너 지금 독서실에 친구를 앉혀 놓고 나온 거야?"

"어! 죽이지?"

"죽이는 게 아니라, 너 죽은 애 같아. 살아 있는 애 같지가 않다구."

"뭔 소리야?"

"왜 그런 건데? 엄마가 무서워서?"

"무섭다기보다…… 일종의 효도지."

"뻥치지 말고 그냥 약속 있다고 하면 되잖아."

"여친 만난다고 말하라고? 그게 말이 되냐?"

"그럼 앞으로도 날 계속 몰래 만날 거야? 도둑고양이처럼?"

"뭐야! 솔직히 대한민국 고딩 중에 여친 만난다고 당당하게 말하는 애가 몇이나 되냐? 너도 시끄러워지는 거 싫어서 애들한테 맘에 없는 말도 더러 하고 비위도 맞추고 그런다며. 그거랑 뭐가 다르냐?"

"달라! 이건 단순한 사회생활용 뻥이 아니거든. 난 네가 지금 이곳에 다 와 있지 않다는 게 화가 나!"

"무슨 귀신 씻나락 까먹는 이야기? 다 와 있지 않다니? 내가 상체와 하체가 따로 다니는 괴물도 아니고 그게 뭔 소리야?"

"넌 지금 유체이탈을 한 거나 마찬가지야. 반쪽은 여기, 반쪽은 독서실."

"독서실에 있는 건 내가 아니라 내 친구 진우라고!"

"이런 바보!"

"……우씨! 나도 알아. 뭔 소리인지는. 근데……"

"너 그림 그리고 싶어 하잖아? 근데 네 엄마가 의대 가라고 했다고 적성에도 안 맞는 이과 공부하잖아. 그것도 같은 거지."

"내가 얘기했잖아. 우리 아빠, 사고로 돌아가시고 엄마는 나 하나 키우고 사시는데…… 차마 기대를 저버릴 수가 없다고. 그림은 취미로 하면 되는 거지……"

"그건 너네 엄마 사정이고. 너 평생 남의 비위만 맞추고 살래?"

"야!"

"손가락으로만 그림 그리지 말고 네가 좋아하는 걸 해. 비겁하게 남한테 맞추지 말고 네가 좋아하는 걸 향해 거침없이 내지르라고. 쪽팔리지도 않냐? 나랑 사귀자고 해 놓고 찌질하게 뒤에서 온리 프렌드란 소리나 하고."

"그건…… 너 몰라? 애들이 왜 숨어서 담배를 피겠냐?"

"어이없네, 내가 담배냐!"

물론 나도 안다. 고딩이란 이유로, 아직 우리에겐 백 퍼센트의 자유와 권리가 있는 게 아니라서 놀이공원 하늘에 둥둥 매달려서도 들킬까 봐 전전긍긍했었다. 그걸 나 역시 모르는 바 아니지만, 마음을 나누는 일까지 드라큘라처럼 음지로만 다니면서 몰래 하는 건 정말 아니라고 생각한다. 왜? 그건 마음이니까. 내 마음을 살찌우게 하고, 자라게 하고, 말랑말랑하게 하는 건 바로 사랑이니까. 물론 아빠는 그랬다. 고딩의 연애는 위험하다고. 그래서 안 된다고. 하지만 그건 우리에게서 자율을 뺏는 일이다. 연필 깎는 칼이 위험하다고 뺏어 가서 깎아 주는 연필만 쓰라고 하는 거랑 뭐가 다르담? 우리에게 해롭지 않은 것만 줄 것이 아니라, 좋고 나쁜 것 중에서 좋은 것을 골라 쓸 줄 아는 힘을 키울 기회를 줘야 한다. 해롭지 않은 연애도 있다. 마음의 폭과 너비를 넓힐 수 있는 건강한 연애는 정정당당함 속에서 자랄 수 있다. 그래야 인생도 떳떳하게 살 수 있다.

"그리고 우윤민, 이건 너 정체성이랑 관련된 거야. 그렇게 양다리 걸치면 결국 나중에 어떻게 되는지 알아?"

"양다리?"

"그래. 너 인생이랑 엄마 인생에 한 짝씩 걸쳐 놓고. 너…… 그렇게 양다리 걸치다가 가랑이 확 찢어지는 수가 있어!"

"야! 박해랑. 아무리 여친이래도 말 너무 막 하는 거 아냐?"

"난 여친이라서 나한테 잘해 달라고 이딴 이야기를 하는 게 아니야. 몰라?"

"그래도 극단적인 표현은 자제해 줘."

"뭐가 극단적이야? 찢어지는 거? 표현이야 거슬리겠지만 초점이 거기 있는 게 아니잖아? 제일 무서운 건 남 눈치 보다 나중에 원치 않는 곳에 가 있는 너 자신을 보게 되는 거 아닐까? 그것도 유턴하기에 너무 늦은 나이에 말이야."

내 말이 약간 설득력 있었던 걸까? 윤민은 잠시 멍한 표정으로 허공을 본다. 그러곤 혼잣말을 한다.

"유턴하기에 늦은 나이? 그건 거의 공포물이네."

맹세코 난 연애하는 여친으로서 '나를 독점해 달라'고 앙탈 부

리고 있는 게 아니다. 그 정도는 윤민이도 알아들었으리라고 생각
한다. 누구나 '미처' 생각 못하고 있는 부분이 있을 수 있으니까.

*

난 어떤 상황에서든 찌질하게 쫄고 싶지 않다. 그리고 무엇보다
도 사랑하는 일 앞에서 당당하고 싶다. 부디 내 남친 우윤민도 쫄
지 않기를 바란다.

우리가 전쟁을 해야 하는 이유

야심한 밤에 카톡이 왔다. 지영이다.

✉ 지금 쫌 볼 수 있어?

지영이와는 놀이공원 사건 이후로 엉겁결에 친구처럼 지낸다. 물론 따로 만나서 수다를 떨거나 진한 우정을 쌓는 사이는 아니다. 그냥 잠시 한배를 탔던 멤버로 만나면 반가워하고 등하굣길에 마주치면 가벼운 이야기를 나누는 정도다. 그간 겪어 본 바로는 지영은 자뻑 증세가 좀 심하긴 해도 그럭저럭 괜찮은 애다. 하지만 늘 무수리들에게 둘러싸여 있어서 어느 정도 이상으로 가까워질 기회가 없었다. 그랬는데 뜬금없이 늦은 밤에 만나잔다. 더더

군다나 내일은 모의고사다.

✉ 이 시간에? 너 어딘데?
✉ 너네 아파트, 너네 동 앞 놀이터.

개가 우리 집 동까지 알고 있다니 의외다. 너무 늦은 시간이라 할머니 몰래 밖으로 나갔다. 괜한 걱정 듣고 싶지 않으니까.
"무슨 일 있어?"
"비밀 지켜 줄 거지? 너밖에 얘기할 데가 없어서……"
마치 고해성사를 받는 신부님이라도 된 기분이다. 하긴, 떼로 몰려다니는 애들에겐 섣불리 털어놓기 쉽지 않으리라. '떼'라는 건 질보다는 양이라 배신의 가능성이 높은 거니까. 그런 의미에서 자발적 고립자인 내가 낫겠지.
"얘기해 봐!"
"주말에 광수네 집에 놀러 갔었거든. 개 부모님이 해외여행을 가셨다길래."
서두만 들어도 뻔한 스토리가 그려진다.
"너…… 설마!"
"그런 거 아니구! 그냥 놀았어. 와인 좀 꺼내 마시고 영화 보고 개 앨범 보고 그게 전부라구."
물론 그게 전부는 아니겠지만 암튼 내가 상상했던 일은 아닌가 보다.

"해랑아, 너 광수 여동생 아니?"

"걔가 여동생이 있어?"

"응. 오윤서. 엄밀히 따지면 동생도 아냐. 쌍둥이래, 이란성. 근데 남녀 쌍둥인 쫌 그래서 일부러 윤서를 한 학년 늦춰 넣었나 봐. 암튼 중3인데 걔가 아주 쌩날라리야."

"헉! 오광수와 쌍둥이인 여자애? 외모 대박 궁금하다. 근데 걔가 왜?"

"걔가 날 찾아온 거야. 와서는 대뜸 첫마디가 '너 우리 집 왔었지?' 그러더니 자기 집 욕실에 자기 반지를 빼놓은 게 없어졌다면서 혹시 못 봤냐며 묻더라. 모른다고 하니까 대번에 그걸 나한테 물어내라는 거야."

"황당한 애네?"

"그치? 쫌 그렇지?"

"일의 해결 방식이 전혀 자연스럽지가 않아. 그렇잖아? 보통의 경우는 잃어버렸으면 그냥 집 식구들한테 물어보면서 단계적으로 찾지 않니? 왜 대뜸 네 멱살을 잡으려는 거지?"

"그러게."

"'꺼져!' 그러지?"

"아니, 절대 그럴 수가 없는 게…… 그게 할머니가 해 주신 거라 잃어버리면 절대 안 되는 건데, 만약 자기 엄마가 알면 일이 커진다며……"

"그러니까 그런 얘기를 왜 너한테 와서 하는 거냐구!"

"나도 그렇게 물었지. 그랬더니 걔가 앞뒤 잘 따져 가며 함 생각해 보라면서 말하는 거야. '집에 있던 반지가 감쪽같이 없어졌다고 하면 울 엄마 틀림없이 집 앞에 있는 CCTV를 돌려 볼 거야. 안 그래도 엄마가 와인 잔 나와 있는 거 보더니 집에 누가 왔었냐고 오광수를 족쳤었거든? 근데 바보가 완전 오리발 치더라? 결국, 더 이상한 상상만 하고 있는 중인데 반지 이야기까지 하면 일이 분명 커질 거야. 그러니까 네가 반지 사는 돈 좀 보태! 그게 모~두를 위한 길이야' 이러는 거야."

"모~두라니?"

"나, 오광수, 오윤서, 그리고 자기 엄마, 나아가 우리 엄마까지. 모두의 평화를 지킬 수 있는 방법이 그거라며……"

"와, 광수 동생 잔머리가 대박인데? 그래서 넌 뭐랬어?"

"첨엔 펄펄 뛰었는데 가만 생각해 보니 일이 커지게 되는 것보다야 그게 나은 게 아닌가 싶기도 하고……"

"광수는 알아?"

"광수한테 꼰지르면 자기도 바로 엄마한테 말할 거래."

"냄새 난다."

"무슨 냄새?"

"뼁 뜯는 냄새. 오윤서가 실존하지도 않는 절대반지로 네 발목을 잡고 들었다 놨다 할 작정인 거지."

"그럼 주지 말라고? 근데 그러다 걔 엄마 울 엄마 아는 날에는 난 죽음이야. 접때 봤지? 놀이공원 갔다고 그 생난리 치던 거."

"주지 마! 절대 안 돼! 네가 오윤서한테 반지값을 주는 순간부터 넌 걔의 노예가 될 거야. 과연 걔가 반지값만 받고 끝낼까? 그리고 네가 반지값을 주면 반지를 훔쳐 갔다는 걸 인정하는 거라니까. 암튼 켕기는 일을 했었다는 증거로 남는다구!"

내 말을 듣고 지영이 고개를 끄덕인다.

"그것도 그러네."

"내 생각엔 반지도 CCTV도 뻥일 확률이 높아. 그리고 설사 CCTV가 있다 한들 그깟 반지 하나 때문에 그걸 본다는 게 말이 돼? 다이아도 아니고 기껏해야 실반지일텐데."

"그럼 그냥 개겨 볼까?"

"개기는 게 아니라 딱 잘라 '노!'를 해야지……. 나 참! 이젠 중딩까지 협박을 하네?"

그때 어디선가 나를 찾는 할머니의 비명 같은 소리가 들려 일단 이야기는 거기서 마무리 짓고 후다닥 집으로 들어와야 했다.

"아니! 제정신이니? 위험하게 시커먼 밤에……"

밤늦은 시간에 컴컴한 놀이터에 할머니 몰래 나가 앉아 있었다는 이유 하나로 할머니는 질기디질긴 잔소리를 내게 들이부었다. 예전 같았으면 할머니 잔소리를 나의 저질 애교로 입막음하는 거로 끝났을 텐데, 지영이 이야기를 들은 뒤라 난 할머니에게 대들었다.

"아 쫌 그만하시라구요. 우린 뭐 늘 쫓기는 쥐 같이 살아야 하냐구요!"

우리 고딩이란 존재가 서글프다는 생각이 들었다. 친구 동생한 테까지 협박 당할 만큼 우리가 당당하지 못할 이유가 뭐람? 여친이 남친 집에 놀러간 게 죄가 되어야 하는 거야? 그런 맘에 화가 나서 쥐에 비유를 한 것뿐인데 할머니는 갑자기 신세타령을 하신다.

"엄마 없이 사는 게 가여워 늙은 할미가 늘 귀여워했건만, 세상 에나…… 내가 쥐 잡듯이 했다니……"

덕분에 난 아빠한테까지 호되게 당했다. 정말 짜증나는 밤이다. 너무 답답한 맘에 윤민에게 하소연을 하고 싶어 카톡을 보냈다.

    ✉ 응답하라.
    ✉ 자니?
    ✉ 안 자면 내 이야기 좀 들어 봐.

연타로 세 건을 날렸는데 원치 않는 방향에서 '카톡!' 하고 응 답이 온다. 아빠다.

    ✉ 갸는 자서 응답을 못 한단다. 네 이야기는 내가 들어줄 수도 있 는데……
    ✉ 사양합니다. 근데 그분 넘 몰상식하신 거 아닌가요? 남 핸드폰 을 보시다니.
    ✉ 몰상식이라니? 넘치는 배려지. 자는 애 답 기다리느라 너 잠 설칠까 봐 알려 준 건데. 게다가 내일이 모의고사라며?

정말 화가 난다. 이건 청소년 인권탄압이고 언론탄압이다. 사생활 보장도 안 해 주다니…… 난 전쟁을 해야 한다고 생각한다. 그나저나 두 사람은 이 시간에 왜 저렇게 연락들을 하고 사시는 건지 이해가 안 간다. 불길하다.

*

모의고사를 망쳤다. 언어 시험 시간에 마킹 실수로 답을 밀려 쓰는 바람에 다음 과목들까지도 다 망쳤다. 뭐! 난 별로 개의치 않는다. 내신에 들어가는 것도 아니고 어차피 실력을 가늠하기 위해 보는 게 모의고사니까. 무엇이 나의 약점인지만 체크해 보면 된다고 생각한다. 하지만 한지영은 시험에 엄청 신경 쓰는 스타일인가 보다. 채점 끝났으면 연락하라고 했는데 답이 없다. 기다리다 몸소 지영의 교실로 올라가 봤다.

"지영이 걔 연락도 없이 결석했어."

모의고사 보는 날 결석하는 건 결코 흔치 않은 일이다. 뭔 일이 난 건가? 느낌이 안 좋아 혹시나 하고 광수한테 카톡을 넣었더니 역시 답이 없다. 광수는 항상 반응이 빠른 애인데 의외다. 그래서 이번엔 윤민에게 겸사겸사 전화를 걸었다. 시험 끝난 날이니 영화라도 볼 생각으로.

"어디야?"

"어. 여기 학원."

"시험 끝난 날 뭔 학원?"

"아니. 엄마 학원."

경직된 말투로 보아 바로 옆에 엄마가 있는 게 분명하다. 눈치를 챘으니 튀어야지 하는 생각으로 '나중에'라고 말하며 전화를 끊으려는데 불쑥 전화기에서 어른 목소리가 나온다.

"해랑아! 너 지영이 어디 있는지 모르니?"

목소리를 들으니 지영 엄마다. 대강 큰 그림이 다 그려진다. 마치 못 들은 양, 잽싸게 전화를 끊는다. 어차피 난 모르니까.

'틀림없이 뭔 일이 벌어졌군.'

다들 연락 두절인 탓에 시험 끝난 날답지 않게 조촐하게 집에서 영화를 보며 뒹굴자니 윤민 엄마와 내통하는 사이인 아빠가 친절하게 정보를 물어다 준다. 뭔 일이 벌어졌을 거라는 내 추측은 딱 맞았다. 지영이가 사라졌단다. 그리고 오광수 역시 소식불통이란다. 둘이 같이 있는 건지 아직 확인된 바는 없단다. 그러나 미루어 짐작하면 둘이 함께 있으리라는 건 뻔하다. 그렇다면 오광수 역시 모의고사를 안 봤단 소리다. 딴 애도 아니고 오광수가 모의고사를 안 봤다는 건 그 사실 하나만으로도 앞으로 엄청난 일이 벌어질 소지가 많다는 소리다. 광수 동생도 그렇지만 광수 엄마도 보통 분은 아니니까.

"야! 거봐! 고딩들이 연애질하면 사고 친댔지?"

"뭔 사고? 확인된 바도 없는데?"

"뻔한 거 아니겠냐? 둑이 왜 무너지는 줄 알아? 쪼끄만 구멍 때문이야. 작은 균열이 전체를 흔든다고!"

'땡!' 아빠의 말은 틀렸다. 둑이 무너질 만큼 균열을 만든 사람
들은 우리가 아니라 어른들이다. 왜? 별것도 아닌 사실을 부풀릴
대로 부풀리고 오버하고 앞서서 확대 해석하고 원천 봉쇄하고 그
랬으니까. 물 나오는 수도꼭지를 손가락으로 틀어막아 봐라. 그
런다고 비집고 나올 게 안 나오겠냐는 말이다. 막아 봐야 결국 '팍!'
하고 호쾌하게 터진다. 살아 있는 모든 존재는 다 자기 방식대로
움직이게 되어 있다. 왜 그걸 모르고 다들 짓누르기만 하는 건지
진짜 모르겠다.

나중에 들은 얘기지만 광수와 지영은 내 말대로 '팍!' 하고 터
지기 위해 춘천에 다녀왔단다. 모의고사도 안 보고 탄 기차가 마
냥 즐거울 리는 없었겠지만, 그래도 새로운 각오를 되새기는 터닝
포인트가 되었단다.

"아 몰라! 이제 개길 거야. 우리가 뭐 했다고 쪼냐구!"

"오광수, 혹시 너희들 CCTV에 뭐 이상한 거 찍힌 거 아니고?"

"뭐 CCTV? 그딴 게 어디 있냐? 윤서 그게 개구라 친 거지."

광수와 지영이 개기겠다고 선포한 데에는 이유가 있다. 삼단 같
은 머리로 늘 고상한 척하던 지영이가 단발머리가 되었다. 완전
촌스러운 중딩으로 급 변신한 것이다. 안타깝게도 그동안 지영이
가 누렸던 미짱이란 별명은 다 머리빨 덕분이었다는 게 만천하에
드러났다.

"우리 아빠 진짜 폭발 잘하는 스타일이거든. 광수 엄마한테 전

화 받고서는 바로 가위 들고 달려들더라구."

그날 밤 나와 놀이터에서 헤어진 지영이는 윤서에게 '노!'를 날렸고 지영의 과감한 '노!'를 본 오윤서는 분한 마음에 바로 자기 엄마한테 일러바쳤다. 그것도 광수가 있는 자리에서 말이다. '엄마 없는 주말에 우리 집에 누가 왔냐면······' 윤서가 이렇게 운을 떼자, 당황한 광수는 '닥쳐! 이 날라리야' 하고 무식하게 윤서를 자극했고 그러자 윤서 역시 교묘하게 엄마를 자극했다.

'텅 빈 집에서 와인 잔 하나씩 끼고 분위기 열나 잡다가 뭐했을까? 니들 야동 봤지? 너 폰에 그거 있던데?'

그 말을 들은 광수 엄마는 격분한 나머지 전후 사정도 확인 안한 채 지영 엄마에게 전화를 했고 하필 그때 지영 아빠가 옆에서 그 소리를 다 듣고는 가위질을 감행하신 거다. 밤새 울던 지영은 학교 가는 길에 광수에게 하소연을 하려고 잠깐 얼굴만 볼 생각으로 만나자고 했다. 그런데 단발이 되어 버린 지영을 본 순간 광수는 '헉!' 해서 도발하게 된 것이다.

"아, 몰라! 이제 전쟁이야!"

*

그렇게 둑이 하나 무너지고 나니 그 여파로 이웃하고 있는 둑에도 균열이 가기 시작했다. 그 이웃의 둑은 다소 진지하게 그리고 순차적으로 자기 의사 표현을 하며 무너질 준비를 한다. 윤민이 나에게 고백하듯 말한다.

"나 말이야. 생각해 봤는데…… 이과는 내 스타일이 아닌 거 같아."

"그건 생각해 보지 않아도 아는 거 아냐? 네 성적이 다 말해 주던데?"

윤민이는 언어와 영어는 잘하는데 수학이 약하다. 거기에 과탐은 거의 밑바닥이다. 게다가 이번 모의고사에서 수학 점수도 바닥을 쳤단다.

"그래서 생각해 봤는데 의대는 포기해야 할 거 같아."

"생각하지 말고 행동을 해. 입 뒀다 뭐하게? '이 길은 제 길이 아닙니다!' 이렇게 말하고 너 잘하는 그림을 그려."

"우리 엄마는 그림 그려서는 먹고 살기 힘들다고……"

"그럼, 네가 잘하지도 못하는 걸로 어떻게 먹구 살라구? 게다가 성적도 네가 의대 가는 걸 반대하는 모양인데 어쩔려구? 잘하는 걸로 먹고 살아야 잘 먹진 못 하더라도 적어도 행복하기는 할 거 아냐? 안 그래?"

"엄마는 미대는 결사반대야. 의대가 자신 없음 경영학과라도 가라며 아님 복수전공 하면 되니까 일단 아무 과나 가라고……"

"너도 전쟁을 선포해! 근데 넌 국지전으로는 턱도 없겠다."

"그럼?"

"너 혁명과 개혁의 차이점이 뭔지 알아?"

"묻지 말고 말해 봐."

"개혁은 고쳐서 쓰는 거고 혁명은 다 갈아엎고 다시 시작하는 거지. 넌 후자를 해야 해. 기본 전제가 안 돼 있어."

자존심이 상하나 보다. 인상을 긁는다.

"뭐로 날 그렇게 판단하는 거야?"

"남의 다리만 긁으니까. 네 문제인데 왜 자꾸 엄마를 들먹여?"

"그랬나?"

"엄마는 미대를 반대하고 어쩌고저쩌고……"

"글쿤. 그럼 어떻게 하지? 다시 태어나야 하나?"

"장난하지 말고. 엎어 봐!"

"뭘?"

"판을! 그리고 새 판에 새로운 토핑을 얹는 거지. 네가 원하는 거로!"

그 뒤로 윤민은 판을 엎는 방법을 궁리하고 있다며 한동안 연락이 없었다. 나도 일부러 연락을 안 했다. 내가 만나자고 하면 '생각해 봤는데 난 판을 엎는 타입은 아닌 거 같아' 이러면서 내 속을 뒤집을 것 같은 불길함이 있었다. 그리고 톡 까놓고 말하자면, 난 윤민에게 약간 삐져 있었다. 처음 눈이 멀었을 때와 달리 요새 윤민의 단점이 하나씩 보이기 시작했다. 진지함으로 보였던 건 다시 보니 소심함이고 어눌한 말투는 매력 포인트가 아니라 소심한 머뭇거림에서 오는 어눌함 그 자체일 뿐이다. 그렇다고 단점 자체를 놓고 시비를 걸겠다는 게 아니다. 샘이 나서 삐졌을 뿐이다.

난 남과 비교하는 걸 좋아하지 않지만 내 눈앞에 보여서 저절로 비교가 되어 알게 되는 걸 막을 재주는 없다. 방자와 향단이 커플로 명한 광수와 지영이 커플은 날로 일취월장하는 게 보인다. 대놓고 연애할 뿐 아니라 도서관도 같이 다니면서 너도 좋고 나도 좋은 윈윈 커플의 모범을 보여 준다. 지영이 말을 들어 보면 오광수가 매사에 진짜 카리스마 있게 행동한단다. 뭐! 그래 봤자 오광수지만. 물론 둘은 엄청난 위기를 겪기도 했다. 광수 엄마가 강남으로 전학을 보내겠다며 집까지 얻으러 다니고 그래서 또 한 번 광수가 화끈하게 도발했다. 그러기를 여러 번 반복한 뒤 지금은 접점을 찾은 상태다. 암튼 이제 둘은 절대 쫄지 않는단다. 개혁에 성공한 거다.

'여친을 지키려는 너의 노력이 가상하다'며 진심으로 감탄해 광수의 어깨를 다독여 주자, 그때 잘난 척하면서 대답하던 광수의 말이 아주 인상적이다. 받아쓰고 싶을 정도였는데 아마도 어딘가에서 주워들은 이야기가 아닐까 의심이 간다.

"이건 단순히 연애의 문제가 아니라, 내 존재의 문제거든. 난 지금 건강하게 뿌리를 내리려는 중인데 남들이 쥐고 흔드는 대로 방향을 획획 틀 수는 없잖아?"

"오우, 제법인데?"

눈에 보이는 광수의 무게감이 오로지 살로만 된 게 아닌 것 같아 보였다.

*

그리고 얼마 뒤, 먼젓번에 못 채운 봉사 시간을 채우러 요양원에 갔다. 언덕을 오르는데 낯선 전경이 펼쳐져 내 마음을 순식간에 환하게 만든다. 아마도 그 사이에 병원이 새 단장을 한 모양이다. 낮은 회색 담장이기만 하던 그곳에 꽃이 피듯이 파스텔 톤 그림이 그려져 있었다. 그 그림으로 담장은 더 이상 담장으로만 보이지 않았다. 그런데 한참을 바라보니 그림이 낯익었다.

'앗! 이건 그 소년?'

언젠가 윤민이 그린 만화 속 그 소년이다.

'얘가 어떻게 여길?'

순간 만화 속 소년이 뛰어나와 나를 맞으러 이곳으로 와 있는 건 아닐까 하는 말도 안 되는 상상을 해 봤다. 소년의 표정은 말을 하고 있었으니까. '널 기다리고 있었어' 이렇게. 상상에서 깨어나 경비 아저씨의 이야기를 들으니 내 상상이 아주 터무니없는 건 아니었다. 그 그림은 지영이의 친구, 즉 내 남친 윤민이가 자원봉사로 그린 거란다.

"안 그래도 노인들만 있어 분위기가 너무 삭막하다고 해서 그리라고 한 건데, 보는 사람마다 다 좋다고 한마디씩 하네!"

기역 자로 꺾인 담벼락 뒷부분만 마무리하면 된다며 자랑을 하신다. 내가 괜히 으쓱한다. 내 남친이라고 자랑하고 싶었지만 꿀꺽 삼켰다.

'궁리 중이라더니 그림 그리면서 나름대로 탈출구를 찾고 있었나 보네.'

그림 속에 그려진 커다란 문은 윤민이가 열고 들어가고 싶은 곳이었을 거다. 그 그림을 보고 있자니 내 가슴이 뛰기 시작한다. 두근두근…… 설렘이 시동을 걸기 시작한다. 벽 속의 소년은 내가 껴안기에 딱 적합한 사이즈다. 내가 두 팔을 벌려 안으면 나를 데리고 어디로든 떠날 듯한 소년의 품. 경비 아저씨가 있어서 차마 직접 그렇게는 못하고 마음으로 안겼다. 바라만 보고 있는데도 맘이 따스해지는 걸 보니 포옹은 마음으로도 얼마든지 할 수 있는 거였다. 갑자기 윤민의 손을 잡아 보고 싶어져 대신 톡을 보낸다.

✉ 아직도 궁리 중?

애써 그림 이야기는 하지 않는다. 그게 초점은 아니니까. 그리고 들리는 말에 의하면 엄마를 설득 중인가 본데 쉽지 않은가 보다. 하지만 난 못 들은 척했다.

✉ 엉. 거의 다 끝나 가. 있잖아. 어릴 때 이빨 뽑을 때 말이야. 흔들리는 이를 살살 앞뒤로 밀어서 빼는 것보다 제일 효과적인 건 한 번에 '확!' 빼는 거잖아.
✉ 맞아. 우리 엄마도 그랬어.

우리 엄마는 그거 진짜 잘했다. 아빠는 앞뒤로 흔들며 '아파?' '괜찮니?' '어때, 빠지는 거 같아?' 이런 소리를 늘어놓기만 해서 사람 애간장을 태웠지만 엄마는 얄짤없이 내 이마를 '팍!' 때린 다음 잡아당겨서 뺐다. 그 당시엔 우리 엄마가 새엄마 같단 생각이 들었지만 한참 뒤에 생각해 보니 그게 훨씬 나은 방법이었다.

✉ 그렇게 할라구.

윤민의 말이 무슨 뜻인지 며칠 뒤 알았다. 아파트 입구로 들어서는데 계단 초입에 놓인 지역신문 첫 장이 눈에 들어왔다. 일부러 볼 필요도 없이 한눈에 쏙 들어온 이유는 바로 거기에 우윤민의 얼굴이 있었기 때문이다. 요양병원 벽화 앞에서 특유의 미닫이 미소를 배시시 짓고 있는 우윤민. 기사 제목은 '내 꿈은 세상을 밝게 채색하는 일'이다. 그리고 소제목은 '우리 동네 환경지킴이, 우윤민 군'이다. 난 신문을 들고 들어와 거실 테이블 위에 대자로 펼쳐 놓고 키득거렸다.

"대박!"

나의 호들갑이 궁금했던지 아빠가 이를 닦다 말고 나와 신문에 얼굴을 들이민다.

"얘, 이거 뭐야? 의대 간다더니?"

"윤민이 얼굴에 치약 튀잖아요!"

양치질을 끝내고 온 아빠가 핸드폰으로 사진부터 찍는다. 첩자인 아빠가 재빨리 아줌마에게 보고를 할 것이다. 나 역시 윤민이를 불러냈다. 노을이 산불처럼 번지는 시간에 탄천가에서 윤민을 만났다.

"제대로 터뜨렸는데?"

"나 인제 살아 있는 사람 같냐?"

"살아 있다 뿐이냐? 존재감 쩐다!"

"후후!"

"근데 어떻게 그런 생각을 한 거야?"

"소가 뒷발질하다 쥐 잡은 격이지. 사실 전부터 그 회색 벽이 너무 보기 싫어서 그런 생각을 갖고는 있었는데 실천에 옮기는 게 쉬운 일이 아니라…… 근데 네가 나한테 허공에다 보이지도 않는 그림 그리지 말라고 해서…… 그 말 듣고 오기가 나서 찾아가서 봉사로 그리겠다고 말했지. 근데 그게 다 그려지니까 지역신문 기자가 인터뷰하자고 하더라. 첨엔 거절했는데 가만 생각하니 기회가 될 수 있겠다 싶은 거야. 그래서 바로 시도한 거지!"

"뒷발길질해서 쥐를 잡은 게 아니라 코너에 몰린 쥐가 대들어서 소를 몰아낸 거네."

한참을 시시덕거리다 집으로 가려고 움직이는데 갑자기 윤민이 내 앞을 가로막고는 내게 입맞춤을 했다. 윤민은 자기가 뜨겁게 살아 있다는 걸 내게 제대로 느끼게 해 주려고 작정을 한 걸까?

이름 하여 첫 키스를 한 것이다. 태어나서 처음 느껴 본 거대한 암전이었다. 언젠가 누군가 첫 키스의 느낌을 적은 걸 본 적이 있다. 근데 그건 다 뻥이다. 첫 키스의 느낌을 표현하는 사람은 제대로 된 첫 키스를 못한 거다. 첫 키스는 절대 말로 표현이 안 된다. 그건 마치 기절하는 순간과 같은 거라 표현 불가다. 명멸하듯 반짝이는 아찔한 찰나의 순간, 발끝이 닿지 않는 어딘가로 떨어져 버린 듯한 아득함. 아무것도 보이지 않는 거대한 암전, 그게 나의 첫 키스다.

*

여린 잎새들도 겨우내 시린 겨울을 이기며 싹을 틔우기 위해 나름 전쟁을 한다. 하물며 우리야 더 말할 것 없지 않은가? 우리도 자생력을 갖기 위해 튼실한 뿌리를 내리는 시간이 필요하므로 고군분투해야 한다. 이게 우리가 전쟁을 해야 하는 이유다.

복병은 도처에 있다

윤민은 더 이상 해골 복잡해지는 이과 수학을 하지 않는다. 윤민이 표현대로라면 수학 문제를 푸는 건 고문 그 자체라고 했다.

"이제야 말하지만 그건 마치 뇌의 주름을 쥐어짜는 듯한 고통이라구."

"애썼네."

뇌 고문이 없어져서인지 요새 윤민은 얼굴색이 무지 밝다. 말투도 전보다 톡톡 튄다. 한마디로 양명해졌는데 '행복한 뇌의 여파가 이런 거구나'를 여실히 느꼈다. 자기 색깔을 분명하게 드러내 그걸 만천하에 공표한 것은 효과 만점이었다. 비록 지역신문이기는 해도 매스컴의 힘은 무시할 수 없는 것이라 입 가진 사람들은 누구든 윤민의 그림을 칭찬했고 윤민이네 학교에서도 '학교의 자랑'이라며 대놓고 광고하는 바람에 윤민 엄마 역시 크게 반항하지 못했다. 사실 그렇게 된 데에는 우리 아빠 역할도 컸다.

"절대빈곤에서 벗어난 미래 세계에서 디자인은 엄청난 경제적 가치를 가질 분야거든요? 재능 있는 놈이 무궁무진한 미래 디자인 산업을 이끄는 지도자가 되는 건 의무죠, 의무!"

'경제적 가치'와 '지도자'란 표현에 크게 감동한 윤민 엄마는 순순히 윤민이가 원하는 방향으로 진로를 바꾸는 것에 고개를 끄덕였고 심지어 '왜 진작 미대를 고집하지 않았냐'는 식으로 말을 바꾸는 재주까지 부리기도 했다.

"하긴 콩 심은 데 콩 나고, 팥 심은 데 팥 나는 거지. 엄마 아빠가 다 그쪽인데 네가 그런 재능을 타고난 건 당연한 거잖아?"

윤민 아빠도 살아계실 때 건축디자인을 하셨단다. 당연한 재능을 여태껏 숨기고 있었던 윤민이가 완전 미련한 놈이라는 표정까지 얹어 가면서. 헐! 하지만 어쩌면 윤민 엄마는 속으로 놀란 가슴을 겉으로는 아무렇지도 않은 척하기 위해 그런 건지도 모르겠다. 조용하고 구순하게 엄마 말만 따르던 윤민이가 일종의 반역을 한 거니까. 암튼 윤민 엄마는 전처럼 윤민이 위를 떠돌면서 감시하는 '헬리콥터 맘'의 역할은 포기하신 것 같았다.

*

✉ 만나자!

✉ 너 이제 독서실 안 감?

✉ 독서실은 셤 때만 다닐라고.

✉ 엄마는 암말 안 해?

✉ 요새 무지 바빠셔서 인제 내 스케줄 체크 안 하심ㅋ

✉ 그래? 우리 그럼 오늘 영화 볼까?

✉ 좋아.

그리고 한 시간 뒤 영화를 보러 갔다. 영화관은 연인들에겐 축제의 장이다. 어두컴컴한 곳에서 콜라를 사이에 두고 나란히 앉아 캐러멜이 달달하게 발라진 팝콘을 나눠 먹으며 팔을 부비고 촉감을 느끼며 서로의 체온을 가늠하기도 하는 곳. 영화는 좀 재미없어도 크게 상관없다. 속삭이며 귓속말을 할 때도 좋다. 그런 의미에서 영화 상영 전 광고는 조금 길어도 좋다고 난 생각한다. 내 귀 안으로 퐁퐁 튕겨지며 들려오는 윤민의 목소리는 너무도 달콤해서 '내 귀에 캔디'란 노래가 왜 있는지 알 것 같았다. 그런데 그곳에서 우리는 본의 아니게 알고 싶지 않은 사실과 맞닥뜨렸다.

영화가 막 시작되어 열중하려는데 지각 입장을 한 사람들이 우리 시야를 가리면서 떠들기까지 한다. 무개념 어르신 커플이다.

"들어가…… 그래 거기…… 앞에 가리지? 나랑 바꿀까? 아니…… 자기가 여기 앉아."

늦게 들어온 주제에 서로 자리까지 바꿔 앉는다. 그냥 앉지, 바꿔 준다고 바꾸는 여자도 얄밉고 남자 역시 뒤통수가 밉상이다.

게다가 핸드폰을 끈답시고 폰을 들여다보는데 왜 그렇게 오래 걸리는지 이해가 안 간다. 핸드폰 불빛이 장난 아니라서 영 거슬려 뒤통수를 째려보는데 '헐!' 그 남자 낯이 많이 익다. 그리고 그 낯익은 남자 옆에 앉은 여자도 전혀 낯설지 않은 인물이다.

'헉! 우리 아빠랑 윤민 엄마다!'

난 귓속말로 윤민에게 그쪽을 보라고 손짓했고 윤민은 두 분을 확인하자마자 바로 내 손을 잡아끌고 나간다. 난 격렬하게 저항했지만 뒷좌석 사람들 눈치가 보여 하는 수 없이 끌려 나왔다. 영화 시작한 지 고작 십 분이 막 지났을 때다. 팝콘도 반이나 남았는데. 축제는 그렇게 어설프게 끝났다.

어둠 속을 헤집고 밖으로 나오자마자 난 따졌다.

"대체, 왜 나온 거야?"

"그럼 어떻게 안 나와?"

우리의 대화가 모든 걸 상징한다. 말 그대로 난 '왜?'였고 윤민은 '어떻게?'다. 두 분이 영화를 본다는 건, 그리고 대화 속에 '자기' 소리가 자연스럽게 나왔다는 건 두 분이 이미 심상치 않은 사이란 뜻이다. 그럼에도 불구하고 난 '왜 우리가 도망치듯 나와야 하냐'는 소리이고 윤민이는 그렇게 생각 안 한다는 거다. 삐져 있는 나를 다독거려 줄 생각은 안 하고 윤민은 좀 전에 못 볼 걸 봤다는 듯이 멍해 있다.

"뭐냐? 두 사람?"

"뭐긴 뭐야…… 내가 그럴 줄 알았어. 야밤에 카톡을 그렇게 하시더니……"

"그럼 우린 어떻게 되는 거냐?"

"뭐가 어떻게 돼?"

"우린 완전 엿 된 거네?"

"왜?"

"왜는? 우린 좆 친 거잖아."

"너…… 너무 비관적인 거 아냐?"

사각 링 위에 서 있는 네 사람을 상상한다. 각각 글러브를 끼고 있다. 난 우리가 젊고 팽팽하고 의욕적이고 싱싱해서 훨씬 우위에 있다고 생각한다. 포기할 이유가 없다. 이건 버스 안에 있는 경로석이 아니다. 무조건 양보해야 할 일이 아니라고 생각한다. 그리고 선점이라는 개념도 있다. 먼저 잡은 놈이 우선 아닌가?

*

다음 날은 할머니 생신이라 고모들과 뷔페식당에서 저녁을 먹었다. 거기서 끝냈으면 더없이 좋으련만 다들 기어코 우리 집으로 왔다. 케이크를 한 접시씩 또 먹고 있는데 작은고모가 갑자기 윤민 엄마 이야기를 꺼냈다.

"준구야, 너 디자인 학원 한다는 그 엄마랑 친하니?"

"친하긴? 그냥 학부모끼리 아는 거지. 왜?"

난 아빠의 얼굴을 살폈다. '얼라리? 자기라더니?' 고모는 실망스럽단 표정이다.

"아니, 난 친하면 빽 쫌 쓸라고 그랬지. 우리 민경이 그 학원에 넣어 볼까 하고."

"아, 뭐 그 정도야 말해 줄 수는 있지."

그때 할머니와 큰고모가 적극적으로 끼어든다.

"싱글이라며? 그러지 말고 그이랑 잘해 보지 그래?"

"그러게? 사람 괜찮다며? 생판 모르는 사람보다야 그렇게 이것저것 아는 사람이 나은 거 아냐?"

"맞아. 언제까지 혼자 살 것도 아니고 인제 너도 슬슬 간 좀 보고 다녀 봐. 그이는 사별이랬지? 이혼보다 그게 낫잖아. 전에 보니 인상도 깔끔하니 좋던데."

"그래. 괜히 못나게 해랑 엄마 시다바리 짓이나 하고 댕기지 말고 얼른 네 실속 챙기라고."

작은고모까지 아주 신이 나서 윤민 엄마를 미는 눈치다. 그런데 신기한 건 이쯤 되면 아빠가 입이 간지러워서라도 윤민 엄마와의 친분을 떠벌릴 텐데 시종일관 빼는 눈치다. 아빠의 평상시 캐릭터와 완전 다르다. '사귀는 게 아닌가?' 의아해할 무렵 작은고모가 칼을 뺀다.

"그럼 일단 날 소개시켜 봐. 내가 민경이 얘기하면서 겸사겸사 다리 놓아 볼게."

"그래! 민경 엄마가 함 해 봐라."

"됐고요! 사람 다시 만나는 게 그게 어디 쉬운 일인가?"

아빠는 아주 단호하게 말을 자른다. '어? 영화관에서 우리가 잘 못 본 걸까?' 나 혼자라면 모르겠는데 윤민이도 같이 본 거라 절대 잘못 봤을 리는 없다. 아무튼 아빠가 워낙 확고하게 나오자 할머니는 안달하시다가 급기야 할머니 특유의 오버를 한다.

"너…… 설마 해랑 엄마한테 아직 미련이 남은 건 아니것지? 그건 아니다! 그나저나 해랑이 외할머니는 왜 이사 안 가고 이 근처에서 산다니? 내 참 속상해서……"

고모들이 썰물처럼 다 빠지고 할머니마저 방으로 들어간 뒤, 난 아빠한테 무심한 척 말을 꺼냈다.

"근데 아빠 윤민 엄마한테 호감 있는 거 아녔어?"

여기서 끝! 영화관에서 본 건 절대 말 안 할 작정이다. 왜냐고? 그건 두 분이 사귀는 걸 인정하는 셈이 되는 거니까. 그건 윤민이하고도 이미 입을 맞췄다. 아는 척하지 않기로.

"그건 그렇지."

아빠의 이야기도 여기까지만 듣고 끝냈어야 했다. 그래야 내 속이 편했을 텐데…… 불행하게도 아빠는 속말을 하기 시작했다.

"근데……"

아빠는 갑자기 내 옆에 바싹 다가앉더니 유치함의 절정을 오르내리며 윤민 엄마와의 친분을 고한다. 그동안 두 분이 나눴던 닭살 돋는 이야기부터 윤민 엄마의 과거사까지. 듣고 싶지 않은 이야기를 아주 오래 늘어놓는다. 내 가슴에 가시가 콕콕 박히는 기분이다. 내 가슴이 거의 고슴도치 형상이 되었을 즈음

"잠깐! 아줌마랑 사귄다는 소리잖아? 근데 왜 할머니랑 고모 앞에서 내빼?"

"긍까…… 그러니까 그게 작전이지."

"작전?"

헉! 아빠 정말 놀라운 대답을 했다. 내용인즉, 아빠가 성큼성큼 앞서면 할머니와 고모들이 반대하고 나설 수 있으니, 중이 자기 머리 못 깎는 걸 보여 줘야 옆에서 연민과 책임감으로 가위를 들고 나설 거란 소리다.

"대~박! 그러니까 아빠는 지금 중 역할을 하고 있는 거네? 머리 못 깎고 쩔쩔매는 순진한 중?"

"그런 셈이지."

아닌 게 아니라 할머니와 고모들은 아빠의 재혼에 대해 적극적이다가도 막상 맞선 자리가 들어오고 아빠가 혹하는 기미를 보이면 늘 이런저런 흠을 잡아내면서 찬물을 끼었었다. 그러니 아빠도 이번엔 나름 치밀하게 대응을 하겠다는 거다. 하지만 내가 알기론 아빠는 이런 식의 치밀함을 가진 사람이 전혀 아닌데, 그만큼 아줌마와의 결실이 절실해진 걸까? 아니면 그간의 경험에서 터득한 교훈을 몸소 실천에 옮길 줄 아는 경지에 오르게 된 걸까?

"근데 아빠가 어떻게 그런 생각을?"

"물론! 가이드라인이 있었지."

역시! 조약돌 아줌마다. 여우랑 놀면 여우가 되는 걸까? 나로선 전혀 반갑지 않은 치밀함이다. 윤민 엄마의 가이드라인과 아빠의 치밀함은 적중했다. 다음 날부터 고모들과 할머니는 당장 성능 좋은 가위라도 사러 갈 분위기를 잡았고 바로 그다음 날 사촌 민경이를 그 학원 애니메이션 반에 끼워 넣기에 성공한 작은고모가 윤민 엄마를 집으로 초대하자며 제안을 했다. '이러다가 조만간 윤민과 내가 오누이가 되어서 나란히 예식장에 들어가게 되는 건 아닐까' 하는 걱정이 앞섰다. 웨딩 마치를 하는 두 분 앞에서 꽃가루를 뿌리며 걸어가는 윤민과 나의 찌질한 모습을 상상하면서 나도 모르게 비명 지르듯 외쳤다.

"안 돼!"

"왜?"

"아니…… 나 시험도 얼마 안 남았는데……"

"참! 뭐 그렇게 공부한다고 집에 사람 불러 밥 한 끼도 못 먹게 하냐?"

난 아빠 커플과 맞대응하기 위해 사각의 링 위에 올라갈 용기도 자신도 배포도 있다. 하지만 지금은 내 사정을 이야기할 타이밍이 아니란 것쯤은 안다. 말해 봐야 초전 박살일 테니까.

"아무튼 시험 앞둔 가족 구성원에게 최소한의 배려 정도는 해 줘야하는 게 가족 아닌가?"

난 괜히 심통이 나서 말도 안 되는 억지를 부려 본다. '어떻게 이런 일이?' 이런 복병(伏兵)이 숨어 있을 줄은 까마득히 몰랐다. 왜 하필! 세상에 많고 많은 사람들 중에 왜! 바로 그 두 분이 친분을 도모하다 못해 연애까지 하게 된 거지? 거기다가 할머니와 고모까지 나서면 일이 커지는 건 시간문제다. 큰일이다.

*

　하지만 다행스럽게도 복병은 하나가 아니다. 복병은 도처에 있다. 내 몫의 복병이 있듯이 아빠 몫의 복병도 있기 마련이니까. 먼저 내게 예기치 않은 일이 생겼다. 금요일 야자 시간부터 배가 아프고 토악질하고 열도 나더니만 다음 날 새벽에 점차 심해져서 응급실로 실려 갔다가 곧바로 수술을 받았다. 머리털 나고 처음 있는 일이다. 급성 충수염, 일명 맹장염이란다. 덕분에 배에 작은 흉터가 났다. 잘 꿰맸다고는 하지만, 내 몸 어딘가에 정상적이지 않은 구멍이 하나 생겼다고 생각하니 기분이 별로다. 그래서 한번 악을 쓰며 비명을 질러 봤는데 그쪽으로 약간 소리가 새는 기분도 든다.

　암튼 내가 수술을 하는 바람에 윤민 엄마를 저녁에 초대하는 일은 일단 물 건너갔다. 얼마나 다행인지 모르겠다. 하지만 병문안을 온 아이들 사이에 윤민이가 있다는 걸 발견하고 할머니와 고모들이 어찌나 노골적으로 호감을 보이던지 정말 곤란했다. 게다가 작은고모가 돌직구를 날리는 바람에 지영이와 광수까지 두 분 사이에서 벌어지는 일을 모두 알아 버렸다. 병원 뒷마당으로 우리끼리 나오자마자 지영이가 내 손을 잡고 오두방정을 떨었다.
　"웬일이니? 웬일이니? 이 무슨 운명의 장난?"

"아직 두 분 아무것도 아니거덩?"

"고모가 그랬잖아. 너희 오누이 될 거라고. 그러면 진도 다 나간 거 아냐?"

"유머고 그냥 희망 사항이란 소리지. 네가 명문대 원서 쓴다고 명문대생이니? 끝나 봐야 아는 게 인생이야. 그치? 윤민아?"

기껏 내 편을 들어 보라고 이름을 불렀건만 눈치 없이 윤민이는 이상한 소리만 해댄다.

"그래도 원서는 아무나 쓰는 게 아니잖아. 될 놈이 쓰는 건데…… 두 분이 같이 극장 다니시는 거 보면…… 비관적이다."

"극장은 우리도 다녔거덩? 대체 왜 우리가 밀려야 해?"

"말이 되냐? 찬물도 위아래가 있고 버스나 전철에도 경로우대석이 있는데."

"그딴 데는 다 있을지 몰라도 사랑에는 그런 거 없어. 어떻게 누구 사랑이 누구보다 우위라는 게 말이 돼? 아닌 말로 얘네랑 우리 중에 누구 사랑이 더 위에 있다고 그런 말 할 수 있어?"

"그런 우위가 아니라 솔직히 툭 까놓고 우리가 결혼할 수 있는 사이는 아니잖아."

지영이의 호들갑도 기분 나빴지만 윤민이의 반응이 찌질해서 더 기분 나빴다.

"그래! 결혼은 못한다 치자, 그래도 그렇게 쉽게 손을 드는 게 어디 있냐? 윤민이 넌 애가 왜 그렇게 투지가 없어?"

그러자 지영이가 고개를 끄덕이며 말한다.

"맞아. 난 해랑이가 이해가 간다. 어떤 연인이 말이야, 만약에 여자가 집에서 반대하니 헤어지자 했는데 남자가 냉큼 '그래!' 이러면 기분 더럽잖아? 그럼 여자 쪽에서는 '얼레? 혹시 진작부터 나랑 헤어지고 싶었던 거 아냐?' 이런 생각이 든다구."

얄밉다. 한지영은 예를 들어도 꼭 저렇게밖에 못 드는 걸까? 짜증이 난다. 끼리끼리라더니 급기야 오광수까지 가세해서 불을 지른다.

"싸워라! 싸워라! 열심히 싸워라. 지금 싸우면 사랑싸움인데 좀 더 있음 니들 집안싸움 된다. 집안싸움 그거 아주 흉하거든?"

"야! 광수, 너 죽을래?"

"죽긴 아깝지. 이렇게 예쁜 애인이 있는데."

광수의 말에 좋아서 어쩔 줄 모르며 배시시 웃는 지영이까지 가관이다. 잘 어울리는 커플이다.

정말 우울했다. 수업 왕창 빼먹고 병원에 누워 있는 것도 우울했고 자기감정에 당당하지 못한 윤민을 본 것도 우울했고 이런 이상하고 모호한 상황에 놓여야 하는 우리 사랑을 생각하니 또 우울했다. 정말 싫다. 윤민이와 오누이가 될지도 모른단 상상을 하니 더더욱 비참해졌다. 첫 키스를 한 남자가 영원한 나의 첫 키스 상대로 남지 못하고 가족이 되다니. 상상할수록 정말 최악이다. 하수구에 처박힌 기분이 들 정도로. 하지만 바닥을 치면 위로 올라가는 법이라고 했던가? 새로운 복병이 나타났다. 그리고 그건 내게 실낱한 희망이 되어 주었다.

*

입원실에 누워서 파란 하늘을 바라보고 있자니, 뜬금없이 엄마 생각이 나서 왈칵 눈물이 났다. 수술 부위가 무지근하고 미열이 약간 있을 뿐 딱히 고통스러운 데가 있었던 것도 아닌데. 마음이 약해져서거나 아니면 그냥 본능적인 그리움 때문이었으리라. 엄마에게 전화하니 엄마가 콧소리를 내며 말한다.

"우리 딸! 엄마가 갈까?"

"정말? 어떻게?"

"어떻게는 뭘 어떻게야?"

"일도 다 안 끝났다며."

"아냐. 갈 수 있어. 스케줄 땡기면 되지 뭐! 진짜 갈게."

그러곤 바로 비행기 표를 예약한다며 전화를 끊는다. 어쨌든 화끈한 우리 엄마다.

반가움과 동시에 순간 급 부담스러워진다. 내가 빌미가 되어서 엄마가 온다고 생각하니 후환이 두렵다. 아마도 엄마는 나한테 엄청나게 생색을 낼 것이다.

'애, 내가 너 때문에 다 팽개치고 왔는데 말이야!'

이런 생색을 앞세워 내게 온갖 무리한 요구를 해 댈지도 모른다. 그 생각에 이르니 다시 전화해서 말리고 싶지만 그래도 가슴 속 한편이 뭉근하게 따스해지는 느낌이 든다. 우리 엄마니까. 그리고 엄마가 오로지 나를 위해서 온다니까. 안락하고 든든한 요람

속에 누워 있는 기분이 든다.

*

　그럼에도 불구하고 아무튼…… 새로운 복병은 비행기를 타고 날아온 우리 엄마다.

이기적인,
너무나 이기적인

엄마가 일하는 푸드 디자인 아카데미가 강남에 있어서 엄마는 강남대로 한가운데에 위치한 오피스텔에서 산다. 덕분에 난 주말이면 강남에 있는 학원을 다니게 되었다.

'현대인은 시테크를 잘해야 해. 분당에서 일부러 이틀 나오기도 힘든데 엄마 덕에 시간도 절약할 수 있고 얼마나 경제적인 선택이니? 엄마 만나기도 쉽고 양질의 공부도 하고. 꿩 먹고 알 먹고, 마당 쓸고 돈 줍고.'

엄마의 이러한 대원칙에 입각하여 주말엔 강남행을 시작했는데 문제는 일요일 저녁 귀갓길에 가끔씩 엄마가 아빠를 호출한다는 점이다. 물론 명분은 있다. 아무리 엄마가 억지 부리는 스타일이라지만 엄마도 낯은 있으니까. 엄마는 주로 내가 들고 갈 수 없는 이런저런 물건들을 주면서 아빠에게 나를 픽업하라고 호출한다. 아니면 너무 늦었다는 이유로.

"이거 프랑스에서 알던 유명 가구 디자이너가 준 의자야. 무지 비싼 거거든? 네 방에 놔."

나도 속없는 애가 아니므로 대부분의 것은 거절한다. 하지만 노란색 타원형의 스타일리시한 의자는 도저히 거절할 수 없었다. 물론 나를 픽업하는 일이야 아빠가 마다할 이유는 없다. 일요일 오후는 막히는 시간도 아니니까. 근데 문제는 떡 본 김에 제사 지낸다고, 아빠가 오면 엄마는 늘 아빠를 불러들여서 소소한 일을 시키거나 아니면 부탁거리를 준다는 게 문제다. 그것 때문에 한두 번 친할머니가 잔소리를 하게 되었는데 결국은 고모가 참다못해 엄마에게 전화로 일침을 가했다. 그 내용이야 잘은 모르겠지만 결코 좋은 이야기는 아니었으리라. 여하튼 그 일이 있은 뒤 엄마는 아빠에게 공식적인 면담을 청했는데 어찌나 서슬 퍼런 말투였던지 아빠는 꼼짝없이 응해야 했다. 아빠를 본 엄마의 첫마디는 이거였다.

"안 돼!"

여전히 엄마는 고딩 아들에게 야단치는 듯한 말투다.

"뭐가?"

"나 얘기 들었는데 걔는 안 돼!"

여기서 '걔'는 윤민 엄마다. 내가 퇴원한 뒤로도 윤민 엄마가 우리 집에 공식적으로 초대된 적은 없지만 대신 작은고모와 사이가 돈독해졌다. 그래서 고모는 엄마에게 일침을 가하기 위해 아빠의 재혼 이야기를 꺼낸 것 같았다.

"당신이 뭔 상관이야?"

평상시와는 달리 다소 단호한 자세를 보이는 아빠.

"왜 상관이 없어?"

"당신이 뭔데…… 내 앞날에 감 놔라 배 놔라 그래?"

약간 흥분한 품새에 패자의 기운이 감돈다. 거기에 비해 엄마는 늘 그렇듯이 여유만만이다.

"왜 못 해? 그게 배가 될지 감이 될지…… 뭐가 됐든 다 우리 해랑이하고 관련 있는 건데?"

이혼한 뒤에도 엄마가 아빠를 수족처럼 혹은 머슴처럼 부릴 수 있었던 비결이 바로 저거다. 늘 그랬다. 먼젓번에 공항으로 픽업 나와 달라고 부탁할 때도 아빠가 '내가 거기 가야 할 의무가 있나?' 하고 나름 멋있게 따졌을 때도 엄마는 딱 잘라 말했다.

"물론! 당신이 날 데리러 나오는 건 의무가 아니지. 하지만 애가 엄마 마중 나오는데 혼자 보낼 거야? 공항이 가깝기나 해? 애 데려다준다고 생각하면 못 나올 것도 없잖아?"

그래서 픽업을 나왔고 심지어 엄마 친구가 부탁한 일까지도 아빠가 심부름해야 했다. 그동안 애가 모처럼 만난 애 엄마랑 저녁을 먹어야 하니까. 하지만 이번에 아빠는 좀 달랐다.

"나도 해랑이 생각해서 진지하게 고려하고 있으니까. 당신은 신경 꺼!"

그러자 엄마는 남동생 어르듯이 부드럽고 나긋나긋한 말투로 바꾼다.

"당신, 재혼이 하고 싶은 거구나? 내가 괜찮은 사람 소개시켜 줄게. 여하튼 걘 절대 안 돼!"

머리채를 흔들면서까지 반대를 하자, 아빠도 순간 움찔한다.

"대체 뭔데? 그 이유나 압시다!"

"있어! 그런 게…… 내가 괜히 그러겠어?"

그러곤 헤어지기 직전 차 밖에 서서 한 수 더 뜬다.

"이게 다 당신 위한 거니까…… 나중에 나한테 고마워할 걸? 뭐…… 부탁하면 내가 개한테 잘 알아듣게 얘기해 줄 수도 있어."

이건 완전 오버다. 엄마는 말로는 순전히 '나 때문'에 개입한다더니 이런 식으로 살짝 그 수위를 넘는다. 아빠를 생각하면 난 이 대목에서 훈수를 둬야 한다. 아빠 인생이니까. 엄마가 무례하게 개입하는 건 옳은 일이 아니니까.

'엄마! 제발 오버 쫌 하지 마!'

이렇게 이야기하고 싶었지만 난 오로지 나를 위해 조용히 입을 닫았다. 나를 비롯해서 인간은 정말 너무너무 이기적인 존재다.

집으로 가는 길에 차 안에서 곰곰이 생각했다. '과연 엄마가 안 된다고 말한 그 이유가 뭘까?' 진짜 궁금하다. 뭔가 치명적인 거였으면 좋겠다는 생각도 곁들인다. 아빠 역시 엄마의 말을 되새김 질하고 있는 게 분명하다. 원래 차 안에서 엄청 떠드는데 오늘은 아무 말이 없다. 그리고 초보 딱지를 달고 기어가는 앞차한테 무지 신경질을 부린다. 맘이 불편한가 보다. 근데 초보가 써 붙인 내용이 참 인상적이다.

'초보인데 아이까지 타고 있어요.'

마치 우리 아빠를 말하는 것 같다.

'우리 엄마랑 누나들도 만만찮은데 이혼한 전 부인까지 반대를 하고 나서네요.'

그런데 거기에 아빠 딸도 한몫하고 있다는 걸 아실려나? 그런 의미에서 아빠는 초보가 분명하다. 사랑 초보? 아니면 인생 초보? 대체 언제까지 초보 딱지를 붙이고 계실 생각이람?

아무튼 반대하는 엄마 덕에 한시름 났다. 왜냐하면 우리 엄마는 그리 호락호락한 사람이 아니기 때문이다. 반대할 때에는 조용히 앉아서만 하지 않는다. 반드시 행동으로 옮기고 되건 안 되건 기필코 주변을 한번은 다 뒤집어 놓는 스타일이다. 그 점에서 난 안심했다. 물론 반대의 이유는 아직 모르지만. 무슨 이유든 엄마가 가로막고 있는 고개를 아빠가 넘기에 다소 시간이 걸릴 거란 확신이 들었다. 그래서 기쁜 맘에 무턱대고 윤민에게 고했다. 그런데 나중에 생각해 보니 내가 경솔했단 생각이 들었다.

"기쁜 소식이야. 있지? 두 분 결코 쉽지 않을 거야?"

"왜? 무슨 근거로?"

"우리 엄마가 반대했거든. 우리 엄마 굉장한 거 너도 알지?"

"근데 무슨 이유로?"

"이유는 말 안 했는데 엄마 말로는 절대 안 되는 이유가 있다며……"

"근데 너네 엄마는 이혼한 사인데…… 자연스럽지 않은 거 아니냐?"

"어차피 우리 엄마, 자연스러운 스타일은 아니거든? 후후! 그냥 넘어가."

"그게 말이 돼?"

난 웃으며 얼버무렸는데 윤민이가 생각보다 너무 정색을 한다. 이마 중간쯤에 핏대가 선 것처럼 보인다. 윤민이의 낯선 얼굴에 나도 모르게 버벅거리기 시작했다.

"아니…… 그냥…… 두 분이 안 될 거란 사실에만 집중해. 그래서 결과적으로 우리한테 좋으면…… 뭐 그렇게까지 정색할 건 없잖아?"

"우리 일 이전에 우리 엄마가 부당한 일을 당하는 거라 기분이 별로야."

'우리 이전에 우리 엄마.' 아! 우리 이전에 엄마가 있는 거구나? 처음 알았다. 당황해서 눈을 껌뻑거리는데 꼭 집어 다시 설명한다. '빨간 펜으로 밑줄 쫙!'이라도 할 작정인가 보다.

"팔은 안으로 굽는다고 너도 네 엄마 씹으면 기분 좋겠냐?"

"씹었다고는 안 했어!"

"절대 안 된다고 했다며. 그게 그거지!"

"왜 나한테 그래? 내가 그런 것도 아닌데?"

"너희 엄마잖아!"

"잘났어! 되게 난리네, 정말!"

화낼 때 보면 진짜 치사 빤스다. 그런데 팔은 안으로 굽는다고? 왜 윤민의 팔 안쪽엔 내가 없는 거지? 안으로 굽는 팔은 오로지 혈연으로만 굽는 걸까? 역지사지하면 이해가 아주 안 가는 것도 아니다. 하지만 그래도 기분은 별로다. 나는 아빠를 배신하면서까지 '우리'를 지킬 의지가 있는데 쟤는 아닌 것 같다. '우리 이전에 우리 엄마'라고 분명히 이야기했으니. 내가 그토록 눈부셔 하던 그 찬란한 보석 같은 '우리'가 이렇게 허약한 거라니…… 허망하기 짝이 없다. 암튼 우리는 생각보다 무지 복잡한 관계로 엉켜 있는 게 분명하다. 기쁜 맘으로 만났는데 찝찝하게 헤어졌다.

답답한 맘에 주말도 아닌 평일 오후에 야자도 빼먹고 엄마를 만나러 나갔다. 티셔츠도 하나 사고 싶은 게 있어 겸사겸사. 하지만 내 안엔 궁금증이 제일 컸으리라.

"근데 윤민 엄마가 왜 안 된다는 거야? 무슨 이유야?"

엄마는 대답 대신 진저리 치듯이 머리채를 절레절레 흔들었다. '야야! 말도 꺼내지 마라!' 하는 식의 생경함이 묻어났다. 또다시 안도감이 생긴다. 아무리 엄마가 우주의 중심이라지만, 이혼한 남편의 선택에 아무런 근거 없이 일침을 가할 수는 없으리라. 설득력 있는 이유가 있으니까 저리도 확신에 차서 진저리를 치는 것이리라.

'그게 뭘까?' 혹시…… 윤민 엄마가 겉만 멀쩡하지 사실은 한

때 조폭의 일원이었던 건 아닐까? 하긴 그날 엄마에게 날리던 발차기가 예사롭진 않았던 것 같기도 하다. 그게 아니라면 사기꾼? 혹시 한때 유흥업소 종사자? 심각한 유전적 질환? 전염병 환자? 윤민이 말고도 숨겨 놓은 자식이 줄줄이 있거나 이혼 경력이 여러 번인가? 아니면 경제적인 문제 때문에 장기 매매를 한다는 사채업자에게 협박받는 중? 상상력이 극단을 치닫다 보니 급기야 윤민의 정체성에까지 걱정이 이르렀다.

'그렇다면 윤민과 나, 우리까지도?'

하지만 난 그 어떤 어려움이 있더라도 쉽게 손을 털고 포기하지 않으리라고 다짐한다. '사람의 관계라는 건 레고블록처럼 부족한 부분을 채워 주고 맞추어 하나가 되는 거지, 조건에 안 맞는다고 튕겨져 나가는 건 아니니까.'

이렇게 야무진 다짐을 해 본다. 결국 엄마는 아무 말도 안 해 줬다. 엄마 역시 입이 무거운 타입도 아니건만 저리도 입을 앙다물고 있는 데에는 이유가 있으리라. 분명 예사로운 일은 아닌 듯했다. 확인 사실을 위해 한마디 물었다.

"그러니까 뭔가 치명적인 건가 보네?"

"그렇다고 볼 수 있지. 거기다 네 할머니가 아시면 어차피 쉽지 않은 결혼이야. 빨리 손 털고 포기하는 게 서로에게 좋은 거지."

'게임 끝!' 하고 홀가분한 맘으로 집으로 왔는데 정작 집에서는 나를 배신한 조촐한 파티가 벌어지고 있었다. 나 없이 아니 내게 아무런 말도 없이 윤민 엄마를 우리 집에 초대한 것이다.

내가 들어서자 파장하는 시간인지 고모는 테이블 위의 커피 잔을 치우기 시작했고 윤민 엄마는 바닥에 떨어진 부스러기를 걸레로 열심히 닦고 있다. 심지어 간이 청소기까지 찾아들고서 바닥을 훑어 대는 모습이 마치 집주인인 것처럼 보여서 언짢았다. 게다가 날 보더니 마치 하굣길의 딸을 대하듯이 말했다.

"해랑이 뭐 먹었어? 씻고 나와. 빈대떡 부쳤거든? 녹두가 국산이라 진짜 고소하더라?"

난 최대한 예의 바르게 대답한다. 거리감을 팍팍 주기 위해.

"괜찮습니다. 저는 저녁을 먹고 왔습니다."

무안해 할 윤민 엄마의 표정을 기대했건만, 고모가 분위기를 망친다.

"그래? 그럼 그거 윤민이 가져다 줘요. 걔 부침 좋아한다며!"

아무리 친화력 짱인 작은고모라지만 남의 집 아들 식성까지 벌써 다 꿰뚫고 계시다니……. 고모는 몸소 의욕적으로 쿠킹호일을 뜯어 신나게 포장을 했다. 그러자 옆에 있던 할머니까지 한마디 거든다.

"싸는 김에 아이스 모찌도 싸. 그거 아주 맛나더라."

대체 그 사이에 무슨 단합 대회라도 한 걸까? 왜 이렇게들 화기애애한 거지? 그러고 보니 아빠는 안 보인다.

"아빠는요?"

고모들에 할머니, 사촌 민경이까지 있는데도 굳이 윤민 엄마가 답해 준다.

"병원 일 때문에 좀 전에 나가셨어."

"아~ 네."

반전극을 보는 기분이 이런 건가 보다. 난 '게임 끝!'을 외치면서 돌아왔는데 와 보니 다른 경기장에서 다른 선수들이 열심히 뛰고 난 뒤 땀을 닦으며 나온다. 선수가 교체되어 게임에 임해 보지도 못하고 축출된 늙다리 선수 같은 기분이랄까?

*

늦은 밤 슬그머니 일어나 할머니 방으로 갔다. 할머니 방에 가기로 작정한 건 위기의식이 만든 본능적인 움직임 정도로 보면 되겠다. 뭔가를 고자질하거나 음해하거나 앞서서 일을 틀 생각은 전혀 없었다. 다만 나를 벼랑 끝으로 밀어내는 것 같은 위기의식이 할머니를 찾게 만들었다.

"할머니!"

"엉. 이 밤에 웬일로……"

"할머니…… 나 귀 파 줘."

할머니는 내가 귀를 파 달라고 하면 아주 좋아하신다. 돋보기를 쓰고 수술실의 의사처럼 진지하게 내 귀를 살살 후비는 걸 즐기시는데, 팔십이 다 되었음에도 당신 자신이 아주 예민한 작업에 능하다는 것으로 자부심을 느끼시기 때문이다. 물론 난 별로 안 좋아한다. 우선 내가 볼 수 없는 내 몸의 일부를 누군가가 건드린다는 사실 자체도 싫고 귓속을 더듬을 때 귀에서 들리는 과장된 소리를 듣고 있는 것도 싫다. 그리고 무엇보다 한가하게 할머니 다리에 머리를 얹고 한참이나 누워 있을 만한 여유가 솔직히 고딩에겐 별로 없다. 고로 이건 일종의 상납용 응석이다.

"시원하지? 아이고, 이 귀지 봐라. 세상에나, 그동안 뭐가 제대로 들리디?"

"어쩐지…… 인제 쌤들 소리가 귀에 쏙쏙 들어오겠네."

"그러게 말이다."

뿌듯함에 어쩔 줄 몰라 하시는 그 대목에서 난 슬쩍 말을 찔러본다.

"근데…… 할머니…… 윤민이 엄마…… 뭔…… 문제가 있다던데……"

"문제? 뭔 문제……?"

"아니…… 접때 엄마가 그러던데…… 뭔가 치명적인 문제가 있다며 그래서 반대한다구 아빠한테 그러더라구. 아빠 말 안 해?"

"됐다 그래라! 아무렴, 지만큼 문제가 많을라구!"

할머니는 갑자기 날 무릎에서 털어내신다. 엄마 소리에 기분이 상하신 모양이다. 그래도 내 말을 건성으로 넘기시진 않았다. '치명적인 결함'이란 말이 할머니 목에 걸리셨나 보다. 다음 날 큰고모는 나에게 전화를 해서 물었고 난 '아는 바 없음, 단 그 정보의 출처는 엄마인데 엄마와 조약돌 아줌마가 선후배 사이였으니 아주 근거 없는 말은 아닐 거다'라는 말까지만 전했다. 다소 켕기긴

했지만 '어차피 난 사실만 전한 거니까' 이렇게 내 스스로를 합리화했다.

소심한 아빠와 달리 화끈한 큰고모는 무슨 일에든 정면 박치기하는 스타일이다. 뒤를 캐지 않고 곧바로 윤민 엄마에게 대놓고 물었고 큰고모 못지않게 화끈한 구석이 있는 윤민 엄마는 망설이지 않고 정면 돌파했다. 본인의 치명적 결함이 뭔지를 유포자인 엄마에게 바로 따져 물었다.

"대체 내 문제가 뭐야?"

전화 받기가 무섭게 다짜고짜 이렇게 묻자, 엄마는 순간 당황해서 버퍼링 99퍼센트로 버벅거리며 말했다.

"그게, 니 이력이…… 그게 좀…… 그렇잖아."

소문이란 게 원래 뒤에서 한참 돌아다녀야 부풀려지기도 하고 그러면서 의혹도 짙어지고 오해도 생기고 그런 맛이 있는 건데, 고모와 윤민 엄마의 돌직구는 그 모든 과정을 차단해 버렸다. 소문이 살을 붙일 기회를 없앤 것이다. 그 바람에 순식간에 모든 사실은 엄마의 음해로 백일하에 밝혀지고 덕분에 엄마는 비난을 한 몸에 받아야 했다. 아빠를 비롯해 우리 식구들은 모두 입을 모아 엄마를 비난했다. 나 역시 식구들 의견에 백 퍼센트 동감하여 그 말을 엄마에게 전했다.

"세상에…… 그런 억지가 어디 있어?"

하지만 엄마는 절대 그렇게 생각 안 했다.

"그게 왜 억지야? 인생 살아 본 사람들이 그런 말이 그렇게 쉽게 나와? 팔자란 말 그거, 그렇게 간단하게 무시할 수 있는 게 아니거든?"

"아 진짜, 엄마 그게 말이 돼?"

내가 아직은 인생을 살아 본 사람 쪽에 속하지 않는다고 해도 엄마가 말한 치명적인 결함이란 건 완전 초딩 수준이라고 말할 수밖에 없다. 진짜 실망이다. 어떻게든 엄마의 반대에 힘을 싣고 싶었던 나조차도 낯 뜨거워질 정도다. 어휴! 정말 김빠진다. 애초에 엄마를 믿은 내가 잘못이지. 역시 엄마는 우주의 중심이다. 인공위성을 쏘아 대는 이 시대에 어떻게 그렇게 말도 안 되는 비과학적이고 비합리적인 말로 뒷말을 할 수 있는 건지…… 내용인즉, 윤민 엄마는 남자를 잡아먹는 사주를 갖고 태어났다는 것이다.

"얘가! 뭘 모르네? 내가 증거를 대 봐?"

그렇게 서두를 던지고는 엄마는 마치 천기누설이라도 하는 사람인 양 을씨년스러운 분위기까지 조성해서 속삭인다.

"내가 아는 사람만 벌써 두 명이야. 근데 소문으론 걔가 고딩 때 사귀었던 애도 그랬다더라."

"그랬다니?"

"비명횡사했다니까? 봐! 윤민 아빠가 그랬지? 그리고 대학 때 사귀던 우리 동아리 선배도 군대 갔다가……"

"아! 뭐야! 그렇게 엮는 건 좀 오버다!"

"얘는? 대학 때 그 선배 엄마가 그런 얘기를 했었거든? 걔 사주가 안 좋아서 그런 거라며…… 장례식 때 얼마나 난리굿을 쳤는데…… 근데 결국 윤민 아빠도…… 그런 거잖아!"

"에이! 그건 아니다!"

"에이라니? 난 네 아빠가 그 네 번째 남자가 되는 거 맹세코 반대야!"

"엄마! 누가 만약에 엄마를 그런 식으로 엮어서 이야기하면 좋겠어?"

"나를 왜 엮어? 난 그런 일이 없는데?"

"아니…… 만약에 누가 엄마보고 이혼할 팔자라며……"

"팔자는 그런 데다 붙이는 게 아니야. 이혼은 엄연히 내 의지가 결정한 거잖아? 그러니까 도장도 찍는거구!"

"그렇게 따지면 본인 의지랑 상관도 없이 옆 사람이 죽은 일을 그렇게 얘기하면 그게 진짜 억울한 일 아니야?"

"그러니까 팔자가 무섭다는 거야!"

엄마가 말하는 팔자라는 건 억지를 합리화하기 위한 수단이란 생각이 들었지만, 더 이상 말을 이어 봐야 남는 장사가 아닐 거란 생각이 들어서 관뒀다. 이야기가 길어지면 '어른한테 대든다'는 소리밖에 들을 일이 없으니까.

여하튼, 엄청난 걸 기대했던 난 완전 김이 빠졌다. 아빠와 윤민 엄마와의 관계를 일순간 무위로 만들 만한 그런 엄청난 이야기가 엄마의 입에서 나오길 바랐건만. 엄마가 운운한 '팔자'는 고모나 할머니에겐 '의도적인 음해'로 해석되어 오히려 역효과를 냈다. 그도 그럴 것이 윤민 엄마가 엄마와 노상 격돌을 하게 된 원인도 바로 그 이야기 때문이었다고 고모에게 발설했기 때문이다. 먼젓번에 엄마는 얘기 중에 '혹시 네 팔자가 네 남편 잡은 거 아니니?'라는 몰상식한 말을 먼저 건넸고 그 말에 발끈한 아줌마가 화를 내다 급기야 '이혼한 주제에'라며 엄마를 건드렸고 그러다 보니 서로 주고받고 치고받고…… 그렇게 된 거라고. 그 말을 들은 고모들은 엄마에게 격분하며 자연스레 윤민 엄마에게 더 넉넉히 맘을 퍼 주기 시작했다. 자기 발등 자기가 찍는다더니…… 내가 딱 그 꼴이 된 셈이다. 나의 고자질이 오히려 경주마의 엉덩이에 채찍질한 결과가 되어 버렸다고나 할까?

윤민 엄마와 아빠, 두 사람은 달리기 시작했다. 엄마가 제공한 치명적 결함이 '음해'로 결론 난 만큼 주변의 질시를 받은 두 사람은 더 대동단결하게 된 것이다. 언젠가 나와 윤민이처럼 두 분도 전쟁고아들처럼 더 애틋하게 지내게 되었다.

*

이로써 'the end' 하고 우린 끝이 나는 걸까?

비겁함을 응징하노라

"우윤민! 그래도 이건 좀 아니지 않니?"

"아니…… 그게…… 우리 둘보다는 이게 더 나을 것 같아서."

"어떤 면에서 더 나은데?"

"그냥 여러모로. 어차피……"

"그런데 내가 우리 둘만 있고 싶어서 이런다고 생각해?"

나 자신이 한심하다. 이쯤 되면 얘기를 끝냈어야 했는데 왜 이렇게 꼬치꼬치 따지고 있는 건지 정말 딱하다. 근데 분해서 나도 모르게 말이 계속 나온다.

"야, 들어가자! 고기 다 탄다."

지영이가 복도에 서서 실랑이하는 우리 둘을 식당 안으로 민다. 들어가 보니 광수는 여전히 야심차게 상추에 고기를 싸서 입에 넣고 있다.

"우리 이거 먹고 노래방도 가자. 얘네 엄마가 카드도 줬다며."

아무렇지도 않게 애들이랑 묻어서 노래방까지 가게 될 수도 있겠구나 생각하니 화가 치민다. 난 아까 윤민 엄마가 내 손에 쥐어 준 카드를 내려놓는다.

"그래. 넌 그 카드까지 다 씹어 먹어라! 나 먼저 간다."

내 등 뒤에 대고 광수가 소리친다.

"기왕 이렇게 된 거 그냥 놀지, 가냐? 참! 쟤 원만하지가 못해. 열 식히고 다시 들어와. 우리 먹고 있을게."

지영이도 아우성이다.

"야! 우리가 온 게 그렇게 싫은 거야? 우리가 금세 사라지면 되잖아?"

*

과연 열이 식을까? 내 가방엔 윤민이를 위해 지난밤 정성스레 싼 시계 선물이 들어 있다. 물론 생일 카드도 있고. 그리고 내 머릿속에는 우리 둘만의 오붓한 스케줄이 줄지어 서 있다. 거금을 들여 수제 케이크집에 케이크도 주문해 놨다. 하트 안에 이름도 넣어 준다고 했었는데.

윤민이 생일 파티는 거의 한달 여 전부터 기획했던 일이다. 나 혼자 마음속으로 한 거면 내가 말도 안 한다. '우리 네 생일날 뭐

할까?' '네 생파 때 라이브 카페 가 볼까?' 등등 이야기를 공유하며 함께 설렜다.

나 혼자 설레발친 게 절대 아니다. 분명 윤민이의 얼굴 위로 데굴데굴 굴러다니던 탱글탱글한 설렘도 봤다. 게다가 난 오늘을 위해 원피스도 하나 샀다. 비록 우리가 부모님들 문제까지 엮인 험난한 환경 속에 놓인 처지지만! 이게 마지막이 될지라도 같이 있는 이 순간만큼은 최대한 충실해지자고 그런 약속까지 했다. 서로 손가락도 걸었다. 내 새끼손가락은 그날의 그 온기를 기억하고 있건만……

기대했던 엄마의 반대도 불발로 끝난 이 시점. 그랬기 때문에 난 더 예사롭지 않게 윤민이와의 생파를 둘이서 의미 있게 지내려고 했다. 분명 윤민이도 동의한 바다. 어젯밤까지도 그렇게 카톡으로 이야기했었다.

그랬는데 윤민이가 방자 커플을 대동하고 등장한 것이다. 그것도 자기 엄마 차를 타고 버젓이 다 같이 등장했다. 부득이 동행하게 된 이유가 있었으리라. 김은 샜지만 그래도 난 융통성이 있는 애라 '변화에 적응해야지' 하고 나름 아이들을 반겼다. 하지만 내가 화가 난 대목은 그다음이다. 윤민 엄마는 나를 보고선 놀란 표정을 지었다.

"어머, 해랑이 넌 여기 웬일이야?"

그러자 눈치 빠른 광수가 얼른 대답했다.

"딴 애들이 시간이 안 된다기에 제가 지영이랑 얘도 불렀어요."

오광수가 지칭한 '애도'가 바로 나다. '애를'도 아니고 '애도'다.
기분 더럽다.

"그랬구나. 그래. 이걸로 먹고 싶은 거 먹고 즐겁게 놀아."

그러곤 카드를 내 손에 쥐여 주고 아줌마는 퇴장했다. 난 차분
히 물었다.

"어떻게 된 거야?"

"아니…… 내가 나가려고 옷을 찾는데…… 엄마가 어디 가냐
고 묻잖아."

"그래서?"

"친구들이랑 생파 한다고 그랬는데 누구랑 하냐고 묻잖아. 그
래서……"

"그래서 쟤 이름 댄 거야? 왜 나랑 만나기로 했다고 말 못해?"

"그게 그렇잖아. 근데 엄마가 나가는 길에 태워다 준다고. 하필
그때 광수가 전화를 해서……"

나랑 어젯밤까지 이야기해 놓고 엄마가 물어봤다는 이유 하나
로 아무렇지도 않게 우리 둘만의 약속을 무위로 만들다니…… 어
이가 없다. 나를 위해 자기 엄마를 배신하라는 것도 아니고. 코피
터지게 엄마한테 투쟁을 하란 것도 아니고. 그냥 해랑이랑 생파
하기로 했다고 떳떳하게 말하고 나오는 게 그게 그렇게 어려운 일
일까?

"너 진짜 비겁하다. 그래, 아닌 말로 두 분 땜에 끝날 때 끝나더
라도 '빽!' 소리라도 해 봐야하는 거 아니니? 시기상 우리가 더 먼

저였거든?"

내 말에 눈을 껌뻑이고만 서 있다. 내가 처음 사귀자고 했을 때, 눈 뚜껑 없는 사슴처럼 말갛게 바라보던 바로 그때처럼 말이다. 그때 알아봤어야 했다.

사랑한다면서 애인을 숨기는 비겁한 놈. 오광수 말대로 이건 사랑의 문제가 아니라 존재의 문제다. 난 지금 생일 파티를 둘이 못하게 되어서 투정을 부리는 게 아니다. '존재'로서 존재하고 싶다는 거다. 그걸 왜 모를까? '진짜, 너 우윤민 비겁함 쩐다!' 난 돌아서 나오며 자조적인 말투로 한마디 했다.

"넌 사랑을 1인분으로 하니?"

비극적이게도 우윤민이 알아들을 수 있는 말은 아니었으리라.

*

식을 수 있는 열이 아니기에 삼겹살집으로 되돌아가지 않고 엄마 집으로 가는 버스를 탔다. 잔뜩 차려입고 나왔는데 다시 집으로 들어가긴 너무 쪽팔리기도 했고 그리고 무엇보다 혼자 있을 곳이 필요했는데 마침 엄마가 요리 촬영을 가서 집이 비었다는 걸 알았기 때문이다. 텅 빈 집에 앉아 거리의 불빛을 바라보고 있으려니 나도 모르게 한숨이 나온다.

전엔 혼자 있으면 그 시간을 즐겼는데 윤민이를 좋아하게 되고 난 뒤로는 혼자 있어도 내 마음속에 외로움이 깃들어 철딱서니 없는 즐거움은 자리를 틀지 못한다. 사랑하면 사랑한 만큼 외롭다더니. 책에 나온 그 말이 딱 맞다. 세상의 모든 것은 다 그림자를 갖고 있는데 그중에서도 사랑의 그림자가 제일 그 농도가 짙은 것 같다.

"야, 박해랑!"

잠깐 잠이 들었나 보다. 누군가 나를 불러 잠결에 눈을 뜨는데 도무지 여기가 어딘지 감이 안 잡힌다. 어슴푸레한 불빛 사이로 실루엣이 눈에 잡힌다.

"일어나서 나 쫌 위로해 주라."

엄마다. 언뜻 술 냄새가 나서 처음엔 아빠인 줄 알았다. 위로해 달라니? 내가 할 말을 엄마가 하고 있다. 하여간 선수 치는 데는 최고다. 우리 엄마를 당할 사람이 없다.

"왜, 또!"

하긴 엄마도 심리적으로 편치 않은 상태란 걸 내가 모르는 바는 아니다. 반대한다고 나섰다가 여기저기서 욕을 먹었으니까. 하지만 그 정도로 충격받을 엄마가 아니다. 역시 들어 보니 엄마가 충격받은 일은 따로 있었다. 윤민 엄마와 2차 격돌이 있었다. 물론 1차 격돌처럼 육박전은 아니었다. 하지만 그런데도 엄마가 녹아웃 된 건 아빠의 개입 때문이었다.

엄마는 외할머니 집에 갔다가 윤민 엄마와 아파트 주차장에서 딱 마주쳤다. 처음에는 서로 좋게 이야기를 끝낼 의도로 말을 시작했는데 결국은 다투게 되었다.

장소가 장소인지라 낮은 목소리로 우아하게 이야기했지만 내용은 살벌했다. 그때 마침 윤민 엄마 핸드폰이 울렸는데 아빠인 걸 확인하고도 아줌마는 굳이 전화를 받아서는 보란 듯이 아빠에게 말했다. '해랑 엄마와 이야기 중이니 나중에 다시 하겠다'고. 의도된 연출은 아니겠지만 틀림없이 여리고 떨리는 목소리로 말했을 것이다. 그러자 아빠는 엄마가 윤민 엄마를 공격하러 왔다고 오해하고는 엄마를 바꿔 달라고 해서 느닷없고 뜬금없는 공격을 했다.

　'당신, 미친 거 아냐?'

　아빠 딴에는 약자 편을 들기 위해 이런 과격한 발언을 했을 거다. 아빠의 과격한 발언은 전화통 밖으로 새어 나와 윤민 엄마까지 다 듣게 되었고 그 사실은 엄마의 자존심에 대못을 박았다.

　"엄마, 잊어버려! 아빠가 오해해서 한 소리라잖아."

　"그래. 뭐, 그거야 이해해. 약자 편드는 건 인지상정이니까."

　갑자기 세상을 달관한 사람처럼 말한다. 그 모습이 너무 낯설어서 보니 엄마 눈에 눈물이 고여 있다.

　"엄마, 울어? 충격 많이 먹었나 보다."

　"난 있지. 이번에 비로소 깨달은 게 있어."

　'깨닫는다'란 어휘는 엄마가 흔히 쓰는 말이 아니라서 집중하며 물었다.

　"뭔데?"

　내용인즉, 엄마에게 아빠는 나 먹기는 싫고 남 주기에는 아까운

'계륵' 같았던 사람인데, 그날 아빠에게 터프한 말을 듣고 난 뒤로 비로소 깨달았단다. 아빠는 절대로 남에게 줄 수 없는 사람이라는 사실을. 그리고 이런 결론도 내렸다.

"아빠가 여태 재혼도 하지 않고 해랑이 너를 핑계로 내 곁에서 계속 나를 도와준 게 뭐겠니? 어쩌면 나한테 보란 듯이 일부러 개를 만나는 건지도 몰라."

엄마는 역시 우주의 중심다운 발언을 한다. 그러니까 엄마에게 윤민 엄마는 남자를 잡아먹는 여자여서 위험한 게 아니라, 아빠를 잡아가려고 해서 위험한 것이었다. 남 주기 아깝다는 건 아직은 본인이 갖고 싶은 의사가 있다는 것이고 그래서 그런 식으로 아는 얄미운 후배에게 더더욱 줄 수 없다는 것이다.

"엄마! 넘 이기적인 거 아니야?"

"이기적이지 않은 사람이 이 세상에 어디 있어?"

"그래도 그렇지…… 솔직히 엄마 좋자고…… 남의 거 뺏으려는 거잖아."

내 말에 약간은 주눅이 들 거라고 생각했는데, 웬걸! 결연하게 말한다.

"사랑이니까! 그 정도도 안 하는 게, 그게 사랑이야?"

"헐! 엄마가 진짜 아빠를 사랑하는 거라구?"

"그렇다니까? 나도 몰랐는데…… 그동안 재혼 생각이 없었던 게 결국 아빠 때문이었던 것 같아."

"진짜 사랑이라면, 아빠가 원하는 걸 해 줘야 하는 거 아니야?"

"무슨 소리야? 난 사람이 순수한 타입이라 그런 가식적인 행동은 못 해! 근데…… 너 뭔가 잘못 생각하나 본데……"

내 말에 화들짝 놀란 엄마는 급 교육적인 모드로 전환해서는 내게 가치관을 주입시킨다.

"상대가 원하는 걸 해 주는 게 진짜 사랑이라고? 그럼! 그럼, 자기 자신은 어디 있어? 웬 오지랖? 자기가 없으면 사랑도 없고 상대도 없는 거야! 난 이 세상에서 제일 혐오하는 인간이 사랑해서 헤어진다는 둥, 그런 말도 안 되는 말을 하는 인간이야. 그건 헤어질 수 있을 만큼만 사랑한다는 거거든? 그걸 왜 돌려 말해?"

자기가 없으면 상대도 없는 거란 말에 난 괜히 발끈했다. 엄마는 지금 사랑 이야기를 하는 거지만, 날 버리고 비행기를 타고 내뺀 엄마 자신에 대한 합리화를 하는 것 같아 더 따지고 들고 싶어졌다.

"그럼, 엄마 사전에 희생이나 헌신, 그런 건 없는 거네?"

"희생…… 헌신? 나 그딴 거 안 키워! 그거 겉만 번드르르한 거야. 앞으로 밑진다고 하면서 뒤로 챙기는 장사치들이랑 하나도 다를 게 없거든! 왜인 줄 아니? 나중에 꼭! 본전 타령을 하거든? '내가 너 땜에 희생했는데……' 이러면서…… 그거! 잠재적 불화의 불씨를 키우는 거야. 그니까 너도 그딴 건 주지도 받지도 마! 원래 인간은 꼭 본전 생각을 한단다. 그거 안 하는 분…… 저 위에 계신다는 그분이 주는 거 말고는 취급하지 말라구! 이기적인 사랑이 진짜배기야! 쏘우 쿨!"

이기적인 사랑이 진짜라는 말에 난 얼떨떨했다. 잘 모르겠다. '우주의 중심다운 발언이구나' 하면서도 틀린 말도 아니란 생각이 들기도 했다. 할머니와 아빠 사이의 복잡 미묘한 밀당의 중심에 분명 그런 게 있단 걸 어슴푸레 알기 때문이다. 그리고 그 밀당은 그리 건강해 보이진 않았다. 늘 희생자가 남으니까.

엄마는 아빠가 엄마 때문에 재혼을 안 한 거로 기억하지만 그건 사실이 아니다. 아빠는 안 한 게 아니라 단지 못했을 뿐이다. 내 기억으론 엄마와 이혼한 지 이 년 차가 되던 해, 아빠 역시 이혼 경력이 있는 첫사랑과 우연히 재회했다.

첫사랑인 까닭에 아빠는 비교적 쉽게 재혼을 결정했다. 하지만 할머니는 결사반대를 외쳤다. 그 첫사랑이 이런저런 복잡한 사연이 있었기 때문이었다. 결혼하겠다는 아빠와 안 된다는 할머니. 그렇게 두 분은 대립했는데 그때 할머니가 마지막으로 꺼냈던 대사가 바로 이거다.

'내가 널 어떻게 키웠는데⋯⋯'

그 말에 아빠는 결국 포기했고 아빠의 첫사랑은 슬픈 표정으로 사라졌다. 그리고 그 일의 희생자는 아빠의 첫사랑 하나로 끝나지 않았다. 아빠 역시 희생자였다.

한동안 아빠는 술만 마시면 그 일을 꺼내 들고 할머니 뒷담화를 조용히 깠다. 물론 앞에서는 할머니의 그 숭고한 희생정신에 눈이 부셔서 주눅이 들어 찍소리 못했지만. 그 일은 아빠의 지병 같은

트라우마로 남았다. 엄마는 나를 빌미로 또 아빠를 호출할 궁리를 한다.

"너무 늦었는데 아빠 오라고 할까?"

"됐어! 광역버스 있거든."

"이 시간이면 금세 올 텐데……"

"괜히 아빠한테 전화하지 마! 나만 욕먹어."

집으로 가는 늦은 밤 광역버스엔 연인들이 가득하다. '다들 어려운 사랑을 잘들도 하시네요.' 일어서서 손뼉이라도 쳐주고 싶은 심정이다.

본의 아니게 가족이 되어 버려야 하는 윤민과 나. 그리고 뒷북치듯 이제 와서 아빠를 사랑한다고 나선 엄마를 떠올리니 마음이 뒤숭숭해져 한숨이 절로 나온다.

엄마가 아무리 진짜배기를 주장하면 무엇 하랴? 이제 아빠와 아줌마, 두 분은 사이좋게 사랑의 골인 지점을 향해 무한 질주하실 텐데. 옆에서 저리도 자신 있게 헛물을 켜고 있는 엄마가 안쓰럽기 짝이 없다.

갑자기 내 머릿속에 늘씬한 두 마리의 말이 한곳을 향해 달려가는 모습이 떠오른다. 그리고 엉겁결에 경기장 밖으로 쫓겨난 어린 말 두 마리가 꺼벙하게 서 있고 그 옆에는 다른 트랙 위를 달리는 줄도 모르고 사랑이라며 전력 질주하는 엄마 말이 보인다.

'엄마, 헛물 고만 켜시고 그만 달리세요.'

이렇게 쓰인 깃발이라도 들고 흔들고 싶지만 관두기로 한다. 세상의 모든 노력은 다 그 나름대로 교훈을 얻는다고 했으니 엄마도 다 뛰고 난 뒤에 '이게 아니였군' 하면서 새로운 교훈을 얻으리라 생각한다. 언젠가 책에서 읽은 듯한 내용이 떠오른다.

'모든 열매는 다 달기만 한 게 아니고 쓴 것도 있다. 그리고 그 쓴 것이 약이 되고 거름이 되어 언젠가는 단맛을 보게 되리라.'

그렇다면 뭐야? 이것도 저것도 다 열매라니…… 귀에 걸면 귀걸이, 코에 걸면 코걸이란 말인가? 이런저런 생각을 하고 있으려니 머리가 무지 복잡하다. 복잡한 가운데 자꾸만 이런 생각이 든다.

'경기장 밖으로 쫓겨났다고 해서 그걸로 끝일 수 없는 거 아닌가? 쫓겨났다고 우리의 마음까지 도려낼 수는 없는 거 아닌가? 어떻게 있었던 일을 순식간에 없던 걸로 친다는 거야?'

대체 이런 질문에 답은 누가 가르쳐 주지? 참고서 뒤쪽에 붙은 답지 같은 게 어디 없을까? 언젠가 서울역 근처에서 '국민고충위원회'라는 팻말을 본 적이 있는데 그런 데서 가르쳐 주려나? 네이버 지식인? 거기에 올려 봐야 악플 세례만 받을 게 뻔하다. 왜 내겐 그 흔한 오빠 언니 하나 없을까? 인생에는 답이 없다더니 이런 걸 두고 말하는 건가 싶다.

*

그리고 며칠 뒤 윤민을 만났다. 자존심상 내 쪽에서 먼저 연락할 수 없었기에 기다리다 보니 그렇게 되었다.

"그날은 미안했어."

"뭐가 미안한데?"

난 기필코 '비겁함을 응징하리라'는 각오로 초반부터 고압적인 자세를 취했다.

"둘이 생파 하자고 해 놓고 애들 데리고 간 거."

"그게 초점이 아니지. 정말 몰라?"

"알아. 근데 난 그게 미안한 거야. 전날 약속한 거 못 지킨 거 말이야."

"뭐야? 그럼. ……넌 네 비겁함에 대해서는 미안하지 않다고?"

내게 사과하러 온 거라 납작 길 줄 알았는데 의외다.

"나도 네 말 듣고 한참 생각해 봤는데 그건 내가 비겁해서가 아니라, 엄마 입장도 생각하다 보니까 그렇게 이야기한 거 같아. 엄마가 네 아빠랑 만나고 있는 거 뻔히 아는데……"

"그러니까 난 그게 화가 난다는 거야. 그럼 우린, 아니 난 너한테 뭐냐?"

"너? 넌 너지 뭐야? 너 만난단 말 안 했다고 네가 없어지는 것도 아닌데, 왜 그래?"

그래! 네가 그런 미묘한 차이를 알 리가 없지. 난 이 대목에서 엄마가 한 말이 떠올랐다. 적절한 표현일지 모르겠으나 암튼 '이기적인 사랑'을 주입식 교육으로 가르쳐 보려고 했다.

"사랑은 이기적인 거래. 진짜로 원하면 그래…… 돌직구를 날려야 하는 게 사랑이야. 너 그럼 그리고 싶어서 그렇게 과감하게 행동하고 그랬잖아. 그런 것처럼 피하거나 숨기지 말고 그랬어야 한다구!"

"미대를 가겠다고 한 건 내 인생이 걸린 문제라…… 근데 이건 쫌 달라."

"이건 네 인생이 안 달린 문제라고? 그럼 난 심심풀이 땅콩이란 소리야?"

"아니, 그 소리가 아니라. 내 인생도 엄마 인생도 걸린 문제라, 내 것만 생각하지 않았다는 거지. 변화구를 던져야 할 타이밍이란 거야."

주입식 교육은 실패했다.

"변화구 좋아하시네. 핑계야."

"뭔 핑계?"

"좋아. 그럼 함 물어보자. 넌 두 분 결혼 찬성해?

"뭐…… 사랑하신다니까…… 찬성해야지."

"그럼 우린?"

"우린 뭐?"

나쁜 놈! 여기서 관둬야 했다. 싹수가 노랗다는 말이 괜히 있는 게 아닌데……

"너랑 나는 어떻게 되는 거냐구!"

"어떻게 되는 거냐니? 두 분이 결혼하면…… 한집 사는 거 아닌가?"

어이없다는 표정을 짓자, 그제야 제정신이 든 듯 말한다. 아니,

끝까지 모른 척하려다 나한테 걸린 거다.

"물론, 나도 그 생각을 안 한 건 아니야. 그런 생각하면 완전 병찌지."

'휴! 그럼 그렇지!' 속으로 안도의 한숨을 쉬었다. 그런데……

그러더니 비실대며 웃기 시작한다.

"근데 버스가 노선대로 간다는데 뒤에서 승객이 이래라저래라 할 수도 없고. 그렇지 않냐? 우린 고딩인데…… 차로 따지면 견인차 뒤에서 끌려가는 신세들인데, 앞서갈 수도 없는 거잖냐!"

난 비극적인 기분이 들었다. 권리의식도 없고, 아무리 미성년자라지만 우리를 견인차 뒤에 끌려가는 신세에 비유한 것도 그렇고, 무엇보다 어떻게든 이 상황을 타개해 보려는 의지가 없다는 점이 제일 비극적이다.

"방법은 있어. 두 분이 결혼을 안 하면 되는 거지."

"한다잖아!"

"못 하게 하면 되잖아!"

"에이! 말이 되냐? 남도 아니고……"

"그렇게 비겁하게 말하지 마! 선택이야."

난 두 주먹을 내밀고 물었다.

"선택해. 이쪽은 우리고 이쪽은 부모님들이야."

"뭐야! 이건…… 꼭 그 유치한 질문이랑 똑같잖아. 그거 뭐냐…… 우리 둘이 물에 빠지면 누굴 먼저 구할 거냐? 뭐 이런 거랑 똑같은 거잖아! 엄마가 좋아? 아빠가 좋아? 이딴 것처럼."

"그러게 사람들이 그런 질문을 왜 하겠어? 분명한 선택을 하라고 그러는 거야. 좋은 게 좋은 거라면서 그렇게 어영부영 묻어가는 짓 하지 말라고. 아닌지 긴지 왜 말을 못해? 사랑, 그게 결국 너한텐 아무것도 아니었던 거야? 진짜 너 1인분만큼만 사랑한 거야? 너만 좋다 '아님 말구' 하고 혼자 내빼는 거?"

다그치는 내 말에 윤민은 초점을 흐린다.

"우씨, 아…… 몰라! 복잡해. 난…… 둘 다 안 해…… 이제 뭐 어차피 친구인데……"

엄마 말이 맞았다. 이기적인 사랑이 진짜배기라던. 정말 사랑한다면 저런 식의 양보하는 태도는 안 나올 거다. 부모님이 먼저라는 생각을 하는 것 자체가 그만큼 좋아하지 않는다는 거다. 그렇지 않다면 당당하게 선택해야 한다. 치사하게 '사랑해서 헤어진다'는 말처럼 돌려 말하지 말고!

"좋아! 그럼 우리 사귀는 건 끝난 거네? 알았어. 난 119를 불러야겠네."

'그게 무슨 뜻이냐?'고 되물어야 맞는 건데, 윤민은 그 자리를 피하고만 싶은지 도망치듯이 갔다. 남자들은 공격을 받으면 일단 도망을 친다고 들었다. 태생적으로 비겁함을 갖고 태어난 거다. 왠지 슬펐다.

'비겁한 사랑이 사랑이기는 한 걸까?'

내가 119를 부르자고 한 건 '어차피 친구'라는 애 앞에서 혼자 타오르고 있는 내 맘을 119가 와서 꺼 줬으면 하는 바람에서 한 소리다. 우리 둘 다 물을 뒤집어쓰면 조용히 끝날 테니까.

*

헤어지고 난 뒤, 윤민이가 변명하듯이 보낸 카톡은 나를 더 비참하게 만들었다.

✉ 그렇다고…… 내가 널 좋아하는 게 아무것도 아닌 건 아니다, 뭐!

헐! 카톡 한번 겁나게 찌질하다. 내 첫사랑을 이렇게 모욕하다니…… 형언할 수조차 없었던 그 아찔한 감정을 '아무것도 아닌 건 아니다'라니? 내게는 '영구 없~다' 그 버전으로 읽힌다. '윤민이 없~다'로!

'그래, 잘 가라! 내 첫사랑이여.'

윤민의 비겁함을 응징하는 제일 좋은 방법은 잽싸게 잊고 기억에서 털어내는 거라고 다짐한다. 하지만 다짐과는 별개로 마음 한구석은 슬픔으로 흐느적거린다. 마치 물에 젖은 휴지처럼. 그러지 않기 위해서 난 그동안 외면했던 참고서를 꺼내 책꽂이에 단정하게 꽂으며 주문처럼 뇌까린다.

*

'힘들어도 쫄지 말고 당당하게!
슬퍼도 쫄지 말고 당당하게!
그렇게 쫄지 말고 당당하게!
쫄말당! 쫄말당!'

1인분의 사랑, 그 몹쓸 짓에 한 방!

 '쫄말당!'을 외치는 일은 나를 극복하는 방법으로 아주 좋다. 외치고 있는 동안만큼은 적어도 마음이 후줄근해지지 않으니까. 그리고 또 하나. 윤민을 잊고 씩씩하게 잘 지낼 수 있는 새로운 방법을 터득했다. 일종의 연상법인데 머릿속에 그림을 그리는 것이다. 얼마 전 마을버스 안에서 우연히 터득한 방법이다. 한 개짜리 의자 위에 앉은 여학생이 졸다가 차가 한쪽으로 쏠리니까 그냥 바닥으로 나자빠졌다. 그 여학생은 너무 놀란 나머지 바닥에 떨어진 채 가만 앉아 있었다. 난 그 장면을 바라보면서 속으로 생각했다.

*

'문제: 의자에서 떨어졌을 때 제일 좋은 대처법은?

답: 잽싸게 다시 의자 위로 기어 올라가 앉는 것. 즉 원상복구.'

*

이렇게 말이다. 첫사랑이 오리발을 내밀어 비록 내 사랑은 비극적인 최후를 맞았지만 처량하게 그 기억을 되씹는 건 옳지 않으니 아픈 기억으로 전열이 흐트러질 때면 잽싸게 의자 위로 기어올라 원상 복구하기로 마음먹었다.

해 질 녘 하늘을 보고 이유 없이 마음이 싸해질 때, 괜히 비참해진 기분이 들 때 난 잽싸게 의자 위로 앉는 상상을 한다. 떨어지면 앉고! 떨어지면 앉고! 대단한 원상복구법이다. 공부하다 잡생각에 휘둘릴 때도 완전 좋다. 정말 효과가 짱이라 특허라도 내고 싶은 지경이다. 암튼 난 이렇게 잘 살고 있다.

*

그렇다 치고! 이번엔 어른들 이야기를 해야겠다. 얼마 전부터 집안 분위기가 썰렁해지기 시작했다. 일단 할머니는 저녁을 드시면 서둘러 방으로 들어가 누우셨고 늘 붙박이처럼 거실 텔레비전 앞에 붙어 있던 아빠도 후다닥 방으로 직행했다. 뭐지? 상황 파악을 위해 아빠한테 집적대 봤다.

"아빠! 라면 끓일 건데, 콜?"

방문을 빠끔 열고 물었건만 컴퓨터 앞에 앉아 뒤도 안 돌아보고 손만 아니라고 흔들었다.

"다 끓여 놓았는데 와서 저번처럼 젓가락 담그면 반칙이야!"

2차 시도에는 대답조차 없었다. 뭔가 진짜 심상치 않았다.

그러더니 드디어 사달이 났다. 아파트 입구 편의점 아저씨가 경비실을 통해 집으로 인터폰을 했다. '아빠 데려가요'라고. 큰고모한테 전화해서 고모와 편의점으로 갔더니 아빠가 편의점 앞 테라스에 대자로 누워 있었다. 주인아저씨 말로는 약간 취한 상태로 들어와서는 소주를 콜라처럼 들이켰단다. 아빠는 웬만해선 취하도록 술을 마시는 분이 아니다. 그러므로 이렇게 나뒹굴 정도로 술을 마셨다는 건 고민이 있다는 소리다. 큰고모가 아빠 등짝을 때리며 말한다.

"등신!"

큰고모는 뭔가 이유를 아는 눈치였지만 더 이상 말을 안 했다. 그런데 밤에 엄마와 카톡할 때 술 취한 아빠 얘기를 했더니 엄마는 뭔가 아는 눈치였다.

> ✉ 뻔한 거 아니겠어? 거 봐. 내가 쉽지 않을 거라 했잖아.
> ✉ 뭔데?
> ✉ 뭐긴 뭐야? 나한테 기회가 올 수도 있단 이야기지.
> ✉ 기회?

✉ 우리 세 식구가 합칠 수 있는 기회.

📧 에이, 설마!

친할머니는 엄마라면 경기를 일으킬 만큼 싫어하는 걸로 알고 있었는데 그게 아닌가 보다. 엄마 왈, 친할머니가 며칠 전에 엄마에게 전화를 했단다. 친할머니는 엄마에게 조약돌 아줌마에 대해 꼬치꼬치 캐물었는데 '진짜 애인이 죽었느냐?' '또 죽은 남자는 없었느냐?' 등등 할머니 말투는 결코 적대적이지 않았고 오히려 엄마에게 협조를 구하는 식이었단다.

✉ 뭔 협조?

📧 뻔하지 뭐.

전후 이야기를 유추해 본다면 너무 뻔하다. 질주하는 두 마리 말의 진로를 할머니가 새삼스럽게 방해하시겠다는 이야기다. 그리고 아빠는 예전처럼 할머니한테 또 휘둘리고 있다. 술을 마시고 쓰러져 있다는 건 무력한 자의 유일한 시위 방법이니까. 큰고모가 왜 '등신'이라고 했는지 정말 공감이 간다. 나 역시 침대 위에 패잔병처럼 널브러져 누워 있는 아빠의 양말을 벗겨 주는데 연민이 솟는 게 아니라 주먹이 꿈틀거렸으니까. 그리고 아빠가 자꾸만 윤민이로 보이는 신기한 경험도 했다. 생각 같아서는 아빠를 깨워서 '쫄말당!'을 외치라고 말해 주고 싶었다.

그나저나 조약돌 아줌마에 대해 호감 곡선이 상승하다가 왜 갑자기 추락해서 할머니가 반대하기 시작한 건지 정말 궁금하다. 사촌 민경이 말로는 자기 엄마가 강남에서 유명하다는 무슨 처녀보살한테 다녀왔기 때문이란다.

"설마!"

"맞아. 엄마가 통화하는 거 들었거덩? 무지 유명한 열여덟 살짜리 신 내린 여학생이라던데 짱 유명한가 봐."

"어떻게 그 고딩 여자애한테 두 분의 미래를 걸겠냐? 상식적으로 그게 말이 돼?"

"말이 되니까 그렇게 사람이 바글거리겠지. 초딩들이 오는 게 아니라 죄다 어른들이 오는 걸 텐데…… 여하튼 코딱지만 한 오피스텔에서 점을 봐주는데 줄이 장난 아니게 길더래."

"근데 고모는 거길 왜 간 거래?"

"응. 울 오빠 이번에 대학 어디다 써야 하는지 물어보러 가셨다가 그냥 한번 두 분 사주를 넣어 봤다던데?"

"후경오빠 학교 가는 걸 왜 거기에 가서 물어보신대?"

민경이 오빠인 후경오빠에 관해서는 나한테 묻는 게 더 정확할 텐데. 후경오빠는 재수생인데 어제도 피씨방이 있는 상가 앞에 서서 담배 피고 있는 걸 목격했다. 내가 '오빠 뭐해?' 이렇게 물으니까 '총 쏘다 쉬러 나왔다'고 분명히 그랬다. 아무튼 고모는 여기저기 잘못 물어보고 다니시는 게 분명하다. 차마 입 밖으로 뱉지는 못하고 속으로만 중얼거렸다.

'민경아, 너도 앞으로 참 애로 사항이 많겠다.'

그리고 어제저녁 할머니와 아빠가 한판 하시는 걸 목격하면서 모든 사실을 알게 되었다. 어제도 아빠는 술을 드시고 오셨다. 아빠에겐 술이 청심환 대체품인가 보다. 그래서인지 이전과는 달리 아빠는 대뜸 할머니에게 언성부터 높이셨다.

"그만하시라구요!"

'이에는 이'라고 할머니 역시 전과 달리 이번엔 읍소로 나오신다. 늘 버럭 화부터 내시던 할머니가 전략을 바꾸셨다. 할머니는 최후의 무기인 하소연을 택하셨다. '훌쩍훌쩍' 소리를 내며 눈가를 닦는데 정작 손수건은 보송보송한 그런 작위적인 하소연이다.

"랑이 아빠야, 옛말에 길이 아니면 가지를 말라고 했다. 훌쩍…… 난…… 너 잘못되는 꼴은 죽어도 못 본다."

"아니! 제가 잘못된다고 누가 그래요?"

"그러게, 그런 사주가 있다니까!"

"지금 때가 어느 땐데 그런 걸 믿고 그래요? 그렇게 따지면 해랑 엄마랑 난 천년만년 잘 살았어야 해요. 천운보살인가 뭔가 하는 그 점쟁이가 우리 둘이 그렇게 궁합이 좋다면서…… 천년에 한 번 날까 말까 하는 뭐라더니…… 젠장."

난 처음부터 수수방관할 작정으로 듣고 있었다. 너무나 비과학적이고도 음산하기 짝이 없는 미신 이야기라 21세기를 사는 젊은이로서 차마 말조차 섞기 싫었다. 작은고모도 그런 노선인지 어느쪽 편도 들지 않고 잠자코 듣고만 있었다. 헌데 이야기는 점점 선을 넘기 시작했다. 그동안 그렇게 욕하시던 엄마까지 갑싸기 시작하신다.

"아닌 게 아니라, 솔직히…… 해랑 엄마가 큰 흠은 없었잖냐! 바람나서 나간 것도 아니고 자기 일 해 보겠다고 튀어 나간 거 그거 요즘 세상엔 흠도 아니다. 요즘은 여자가 자아실현이 필요한 세상이라……"

"이제 와서 그건 또 뭔 소리래?"

"야야! 워쨌거나 윤민 엄마인가 뭔가 갸는 안 된다!"

할머니의 이기심은 상대에 대한 근거 없는 인신공격을 밑천 삼아 제멋대로 추는 막춤처럼 천지 사방을 훑어댔다. 남자를 잡아먹는다는 사주부터, 안 그래도 눈을 치뜰 때 까만 눈동자가 위로 올라가는 게 영 심상찮았다는 둥 심지어 발뒤꿈치를 들고 걷는 걸음걸이가 여염집 아녀자의 그것처럼 보이지 않는다는 둥…… 나 역시 조약돌 아줌마에게 적개심을 갖고 있었던 사람이지만 지금 이 시점에서는 내가 나서서 방어막이라도 되어 주고 싶다. 그리고 우리 가족을 대표해서 조약돌 아줌마에게 심심한 사과의 편지라도 전하고 싶은 심정이다.

하지만 이야기는 그걸로 끝나지 않았다. 큰고모가 들었다는 이야기가 나오면서 점입가경으로 치달았는데 할머니가 들먹이던 사주팔자가 근거 없는 심정적인 음모의 시나리오라면 고모가 물어 온 건 근거가 확실한 사실에 의한 것이니까. 어딘가에서 주워 온 건지 조약돌 아줌마의 성장 과정에 관한 이야기였다.

"봐라. 갓난아기 적부터 엄마 없이 컸다니 사람의 성정이 바로 잡혔을 리가 있겠냔 말이다. 게다가 걔 아버지까지 일찍 간 게…… 그게 모르긴 해도 아마…… 걔 기가 세서일 거다. 그렇지 않냐, 민경 엄마?"

할머니가 고모를 콕 집어 묻자, 고모가 중도 노선을 포기하고 할머니 쪽으로 기운다.

"하긴…… 세긴 세지. 그러니까 노상에서 발차기를 날린 거지. 어휴! 우리 같은 사람은 꿈도 못 꿀 일이기는 해. 우리야 아무리 분해도 고작 소리나 지르고 말지 어디 감히 대로에서 발길질을 하겠어?"

윤민 엄마한테 그토록 친한 척하던 작은고모가 어떻게 저럴 수 있는 걸까? 아마도 온 가족이 배신 음모극을 모의하기로 작정들을 한 모양이다. 큰 저항 없이 고개를 숙이고 있는 아빠를 보고 할머니는 이야기가 먹힌다고 여기신 건지 서둘러 또 다른 예를 들먹이기 시작했다.

"왜, 전에 너희 어릴 때 뒷집 살던 홍수네 말이야. 그 집도 며느리 들이고 시어머니 아버지, 시할머니까지 하나하나 나가떨어지는데……"

"아! 그 대머리 아저씨네? 결국 그 집 다 팔고 식구들은 뿔뿔이 헤졌다데?"

"그러게 집안에 사람 들이는 게 그렇게 무서운 거다."

이건 폭력이다. 폭력을 쓰는 사람은 따로 있는 게 아니다. 사람은 사랑을 지킨다는 핑계로 이기심의 탈을 쓰고 폭력을 휘두른다. 게다가 온 가족이 다 같이 탈을 쓰면 자신들이 나쁜 일을 하고 있다고 전혀 생각 못한다. 집단 최면에 빠지게 되니까. 합리화? 그거 아주 쉽다. 주먹밥 틀에 밥을 쑤셔 넣어 찍어내는 것만큼 쉽다. 할머니와 고모는 서로 주거니 받거니 하면서 방아 찧듯이 장단을 맞춰 이야기한다.

"그치, 간단하게 볼 일은 아니지!"

"그럼, 그러니까 결혼을 인륜대사라고 하잖아."

두 분이 무리한 요구를 하는 게 아니란 걸 보이기 위해 한때는 공공의 적이던 엄마에 대해 칭찬도 한다.

"사실 해랑이 엄마야 사람이 자기중심적이라 그렇지 그렇게 큰 흠이 있는 사람은 아니거든. 집안도 괜찮고 부모님 다 계시고."

'봐라! 우리가 다 나쁘게만 말하는 사람이 아니거든!' 그걸 보이기 위함이다. 그러곤 합리화의 정점에 필요한 재료로 나를 가져다 쓴다.

"랑이를 생각해야지! 랑이 대학 보내고 결혼은 그때 가서 천천히 결정해도 늦지 않다. 그니까 갸는 털고…… 나중에 다시 함 신중하게 생각해 봐라."

"그래, 준구야. 두 번째인데 더 신중해야지."

초반에는 호기롭게 대꾸하더니 아빠는 이제 전의를 잃은 패잔병이 되었다. 그리고 술이 아니라 꿀을 먹은 사람처럼 입을 꽉 다물고 있다. 답답해서 미칠 지경이다. 아빠를 바라보며 속으로 주문을 왼다.

'쫄지 말고 당당하게 대들라구요! 지금 이게 말이 되는 이야기냐구요!'

하지만 아빠는 내 주문과는 무관하게 벌떡 일어나 나간다.

"우씨! 아…… 몰라, 난…… 다 관뒤!"

'아…… 몰라?' 어디서 많이 들어 본 대사다. 그동안 벌인 일이 얼마인데 '다 관뒤'라는 무책임한 말을 저렇게 내뱉는담? 아마도 아빠랑 윤민이는 같은 공장, 같은 라인 출신인 것 같다. 비겁 모드로 세팅되어 출시된 동종 제품들 같다. '1인분의 사랑만 가능' 이런 스펙이 달린 함량 미달의 불량품. 출시된 연도만 다를 뿐 거기서 거기다.

*

'까톡 까톡 까톡'

자려고 누웠는데 카톡이 엄청 촐싹거리며 울린다. 안 봐도 엄마일 게 뻔하다. 엄마는 요새 우리 집에서 벌어지는 일에 엄청 관심이 많다. 답을 안 하면 급기야 전화를 걸 테니 서둘러 응답한다. 좀 전에 일어난 일에 대해 대략의 이야기를 총정리해서 말해 주니 엄마가 아주 뿌듯해한다. 요약을 잘하는 딸이 대견해서가 결코 아니리라. 엄마는 틀림없이 내가 제일 분개했던 아빠의 대사 '아…… 몰라!' 그 부분을 제일 맘에 들어 했을 거다. 그런데도 엄마는 아닌 척, 마치 엄청나게 교육적인 엄마인 것처럼 말한다.

'그럼, 할머니 말씀이 맞지. 너 대학 보내고 뭘 해도 해야지. 암, 그래야지.'

난 엄마를 상대로 아빠 흉을 보려다 관둔다. 아빠의 비겁함에 대해 흉을 보면 엄마는 절대 동의하지 않을 게 뻔하니까. 그리고 뒷담화는 심리적 해소 외엔 아무런 득이 없는 소모적인 일이니까. 그래서 난 다음 날 아빠 앞에서 대놓고 하고픈 말을 했다.

"아빠. 재혼 진짜 안 할 거야?"

아빠 역시 엄마처럼 갑자기 급 교육적인 아빠인 척을 한다.

"얼마 남지도 않았는데 너 대학부터 보내야지. 우리 해랑이 좋은 대학 보내고……"

하지만 난 더 듣지 못하고 아빠의 말을 잘랐다.

"아빠, 디따 비겁해!"

"뭔 소리야?"

"그게 뭐야? 사랑한다면서? 방 빼라고 해서 그렇게 바로 빼는 거야?"

한 번의 움찔거림이 있고 나서 아빠는 다시 아빠모드로 위엄 있게 합리화를 한다.

"그게 간단한 일이 아니라…… 좀 시간을 두고……"

"전에 혼자 머리 못 깎는 중 시늉까지 하면서 그 아줌마랑 잘해 보려고 쇼하고 그런 거, 사랑 아녔어? 그럼 그 아줌마는 뭐야? 아빠랑 좋아한 죄로 할머니랑 고모한테 신상 다 털리고 팔자가 어쩌고저쩌고 소리까지 들었는데 정작 당사자인 아빠만 꼬리 자르고 달아나면 그거 넘 치사한 거 아냐?"

적나라한 내 표현 때문이었을까? 아빠도 급 변신한다.

"야! 나도 괴로워. 근데…… 그게 다…… 사랑해서 그런 거야. 여기서 더 들이대 봐야 그 사람까지 깨지기밖에 더하겠냐?"

"누구한테?"

"누구긴 누구야? 이 집 여자들이지."

"언제까지 맨날 그렇게 당하고만 살라고?"

"……"

"아빠, 아까 근데 사랑이라고 했어? 그러니까 아줌마를 사랑해서 아줌마가 다칠까 봐 그런다는 이야기야?"

"뭐, 이를테면 그런 소리지."

"헐~!"

사랑이란다. 엄마는 사랑은 진짜배기가 최고라며 이기적인 악다구니를 쓰고, 윤민이는 사랑에 순번을 정해 놓고 조용히 있었던 일을 없었던 걸로 했다. 그러곤 뭐! 그렇다고 사랑이 아닌 건 아니란다. 그리고 할머니는 자식 사랑이라며 이기심을 내걸고 남의 집 자식한테 마구 칼질을 해댄다. 그리고 나무늘보처럼 느적느적 돌아앉아 슬금슬금 도망치면서 아빠 역시 또 사랑이란다. 비굴 모드로 '사랑하는 사람 지키고 싶어서 이런다구!' 하고 말한다. 이게 말이야 방구야?

*

　사랑은 두 사람이 벌이는 잔치다. 그러므로 1인분의 사랑은 불가능하다. 사랑은 편을 갈라 네 거 내 거를 알뜰살뜰 챙겨 가며 각자의 뒷주머니를 채우는 무엇이 아니라, 두 사람이 씨실과 날실이 되어 아름다운 직조를 하는 일이다. 교집합의 아름다운 잔칫상을 그럴싸하게 벌여 놓고서는 애써서 지키려 노력하지 않고 후다닥 혼자 내빼려 하다니…… 어떻게 사랑이 1인분일 수 있다는 건지! 뒷정리까지는 아니더라도 최소한 이별의 통과의례 정도는 예의 바르게 해야 하거늘 그것조차 없이 사랑의 이름을 팔아 비겁한 합리화를 해댄다. 게다가 엄마는 이기적인 사랑이 진짜배기라며 악다구니를 쓰고 또 할머니는 자식 사랑이라며 이기심을 내걸고 남의 집 자식한테 마구 칼질을 해댄다.

*

　아! 사랑의 이름으로는 못 할 게 없다. 그렇게 따지면 사랑, 그건 몹쓸 짓이다. 제대로 쓰이지 않는다면 말이다. 그건 무서운 일이다. 1인분의 사랑, 그 몹쓸 짓!
　그래서 난 작정했다. 사랑, 그 몹쓸 짓에 한 방 먹이고, 제대로 된 사랑의 완성을 봐야겠다고. 물론 고심 끝에 그런 결론을 내린 건 아니다. 그냥 그런 생각이 어느 날 갑자기 불쑥 치밀었다.

*

늦은 밤 외할머니댁에 심부름 갔다가 나오는 길에 아파트 재활용 분리수거장에서 쓰레기를 버리고 있는 조약돌 아줌마를 우연히 봤다. 어두운 밤, 분리수거장 천장에 달린 빈약한 백열등이 꺼져 어두운 와중에도 아줌마는 핸드폰 불빛에 의존해서 재활용품들을 하나하나 단정하게 잘 분리해 나눠 넣고 있었다.

정갈하고 은은한 달빛에 비친 세상의 모습들이 나를 감성적으로 만들었던 걸까? 아줌마의 실루엣을 멀리서 보고 있자니 문득 명멸하듯 깜빡이는 아줌마의 핸드폰 불빛이 마치 살아 숨 쉬는 정의의 심장인 것처럼 보였다. 세상의 모든 비겁함을 이겨내기 위해 어딘가에 기필코 존재하고 있어야 할 정의의 심장. 깜빡깜빡, 그건 작고 여린 빛이지만 분명한 존재감을 드러내고 있다. 그러니 나까지 방관자가 되어서는 안 되겠다는 어떤 당위성이 나를 휘어잡았다. 그리고 한편으론 아줌마에게 뭔지 모를 동지애가 뭉클뭉클 느껴지기도 했다.

*

조약돌 아줌마에게 모든 걸 이야기하고 도망치는 아빠를 턴 할 수 있게 도와 달라고 할 것이다. 온 가족이 벌이는 음해극의 처참한 말로는 어떤 식으로든 보고 싶지 않다. 그간 내 감정의 이력으로 본다면 이 무슨 이율배반적인 일인가 싶겠지만, 난 고모와 할머니의 악의 섞인 음모와 그걸 방치하는 아빠, 그리고 이쪽에서 이뤄지는 모든 균열의 틈새를 호시탐탐 노리는 이기적인 엄마, 비겁한 윤민, 그 모두에게서 벗어나 다리를 건너 반대편으로 가야겠다. 이 세상에 사랑을 제대로 쓰지 못하는 사람이 있다는 건 그렇지 않은 사람도 있다는 소리다. 전자만 있다면 이 세상은 벌써 문 닫고 폐업 정리를 내걸었을 것이다. 그러니 난 후자의 일원으로 뭐든 하리라. 잘못 쓰인 1인분의 사랑은 과감히 반품하거나 개보수해 제대로 된 사랑이 살아 움직이는 세상을 만들기 위해서라도 말이다.

*

용기 있는 자는 무엇이든 하고, 강을 건너는 자만이 강 건너의 풍경을 음미할 수 있는 거니까! 정정당당하게 할 수 있는 데까지 할 거다.

비겁은 싫다!

작가의 말

　이번엔 사랑 이야기다. 그러니 그 어떤 이야기보다 비중 있는 이야기랄 수밖에. 왜냐! 사랑은 존재의 바탕을 이루는 가장 가치 있는 것으로 우리는 사랑을 하면서 성장하고 모든 관계의 면역력도 사랑으로부터 얻는다.

　아이들이 이성에게 갖는 말랑말랑하고도 따스하며 달달한 마음, 그건 입시를 앞뒀으니 무조건 해서는 안 되는 '연애질'이 아니라, 삶의 일부이고 영혼의 근육을 강하게 하는 '존재의 자연스러운 율동'이란 걸 말하고 싶었다. 입시 위주의 숨 막히는 스케줄 속에서 마음의 기지개도 한번 온전하게 못 펴 봤을 아이들에게 그들의 자연스러운 관심사인 '이성 문제'를 새로운 시각으로 볼 수 있도록 당당한 해랑이란 캐릭터의 입을 빌려 연애의 새로운 패러다 임을 말하게 했다.

해랑과 윤민의 경쾌하고 달콤한 사랑 이야기로 굴러가면서 그 컷속에 부모의 이기심, 사랑이라는 이름으로 이율배반을 서슴지 않는 어른들의 이야기도 넣어 가족 판타지에서 깨어나 건강한 뿌리 내리기를 할 수 있는 사랑의 노하우도 곁들였다. '소설은 재미 와 의미가 섞인 딸기향 비타민 같아야 한다'가 내 지론이므로.

아마도 해랑은 이기심으로 변형된 1인분의 사랑이 넘실거리는 이 세상에서 술래처럼 숨어 있는 순도 높은 사랑을 찾을 거다. 그 리하여 사랑이 제대로 쓰일 수 있게 하겠지. 비겁하지 않기로 작 정한 아이니까.

1인분의 사랑

| 펴낸날 | 초판 1쇄 2018년 5월 17일 |
| | 초판 2쇄 2019년 4월 25일 |

지은이	박하령
펴낸이	심만수
펴낸곳	(주)살림출판사
출판등록	1989년 11월 1일 제9-210호

주소	경기도 파주시 광인사길 30
전화	031-955-1350 팩스 031-624-1356
홈페이지	http://www.sallimbooks.com
이메일	book@sallimbooks.com

| ISBN | 978-89-522-3931-0   43810 |

살림Friends는 (주)살림출판사의 청소년 브랜드입니다.

이 도서의 국립중앙도서관 출판시도서목록(CIP)은 서지정보유통지원시스템 홈페이지
(http://seoji.nl.go.kr)와 국가자료공동목록시스템(http://www.nl.go.kr/kolisnet)에서
이용하실 수 있습니다.(CIP제어번호: CIP2018011456)